MANHATTAN STORY

Ethan Hawke

Manhattan story

roman

traduit de l'anglais (États-Unis)
par Catherine Charmant

Fayard

The Hottest State
© Ethan Hawke, 1996.
© Little, Brown et Company, New York, pour l'édition originale.
© Librairie Arthème Fayard, 2003, pour la traduction française.

1

Assis à la fenêtre de mon vieil appartement vide, je passais des heures à contempler New York. J'avais pour vis-à-vis un gratte-ciel monumental et observais le ballet incessant des gens qui entraient et sortaient des portes à tambour. Je sais, ce n'est pas très excitant, pas excitant du tout même. À force de fixer mon propre reflet sur la vitre, ma vue finissait toujours par se brouiller. Parfois, vers minuit, des couples surgissaient à l'angle de la rue. Ils marchaient enlacés, d'un pas nonchalant, s'éternisant devant l'immeuble. Je restais assis à regarder, essayant de résister à la tentation d'allumer une cigarette, attendant la livraison de mes meubles et songeant : « Ça y est, j'y suis. Pour me joindre, appeler New York City. »

J'ai rencontré Sarah dans un bar, le Bitter End, un 15 août. J'aimerais pouvoir parler de coup de foudre, mais avec le recul, je crois qu'elle offrait surtout un contraste fascinant avec mes deux petites amies d'alors. Je préfère en taire le nom car je tiens à garder le peu de crédibilité qui me reste. La seconde, en tout cas, était ce qu'on appelle une «plaie». Elle avait pourtant l'étrange pouvoir de me faire croire que si je la quittais, je vivrais la rupture comme un échec personnel. («Je te connais par cœur», me disait-elle toujours.)

Sarah venait de débarquer de Seattle. On s'était retrouvés côte à côte, placés là par un ami branchouille, vaguement artiste, qui s'entêtait à dire qu'il était doté d'un vagin :

— Sarah prétend que les hommes n'ont pas de vagin, me dit-il.

— En ce qui me concerne, je n'en ai pas.

— Bien sûr que si, insista-t-il.

— Et moi, je t'assure que non. C'est un fait.

Il s'était éloigné, renfrogné, avec l'air de penser que je n'y comprenais rien, me laissant seul avec Sarah.

— Salut, moi c'est William.

Pas un mot, elle se contentait de sourire, le regard baissé. Elle était reposante. Tout son corps, ses yeux, ses seins, jusqu'à ses mains posées sur ses genoux, dégageait une impression de calme. À l'exception de sa spectaculaire chevelure, qu'on aurait dit appartenir à quelqu'un d'autre. Sa peau était d'une blancheur inouïe et son nez semblait placé au mauvais endroit. Le genre de visage qu'on pourrait qualifier d'étrange.

On écoutait un groupe que j'avais eu l'occasion de voir plusieurs fois et je n'arrêtais pas de lui dire : «Écoute ce morceau… Celui-là est excellent… » À chaque chanson, aussitôt l'intro terminée, j'entamais un nouveau monologue sur mon sex-appeal et mon aura irrésistible (parfois, je me donne la nausée). Et elle souriait en enroulant ses sauvages boucles noires derrière ses oreilles.

— Je suis plein de vent, dis-je. Ne crois pas un mot de ce que je raconte. Je suis comédien. Autant que tu le saches tout de suite, comme ça tu seras moins déçue. Tu regardes *Star Trek*?

Elle resta muette.

— Je me sens un peu comme Spock… Tu sais, dans l'épisode où il dit aux mutants qu'il ne raconte que des mensonges. Ils lui répondent : "Mais si ce que vous dites est faux, alors en ce moment même vous ne dites pas la vérité, puisque vous prétendez la dire, c'est donc un mensonge", et tout à coup leurs oreilles se mettent à fumer; ils se désintègrent et Spock en profite pour s'échapper. Tu n'as pas l'air dans ton élément, alors je me demande si, par hasard, tu serais pas une mutante.

— Tu es bizarre, dit-elle.

— Ouais, un peu. Mais c'est ce qui t'attire irrésistiblement, pas vrai ?

Elle me dévisagea.

— Tu as de belles dents, dit-elle. De belles dents de travers.

— Merci.

— Et une énergie surprenante.

Je me souviens exactement de chacune de ses phrases.

— Énergie ? Je ne m'attendais pas à un mot comme "énergie". Je me demande à quel moment j'ai pu te laisser penser que tu avais le droit de me juger.

— J'en sais rien. Tu as l'air d'avoir besoin de monopoliser l'attention.

— À ce point ?

— Oui. Tu es nerveux ?

— Non. Pourquoi je serais nerveux ?

— Je sais pas.

— Eh bien, je ne le suis pas.

Le silence retomba entre nous. On se tourna vers la scène pour regarder le concert.

— OK, d'accord, fis-je. Je suis nerveux. Tout le temps. Je ne sais pas pourquoi.

— Moi c'est pareil.

J'avais presque réussi à me la mettre à dos. Alors qu'elle commençait vraiment à me plaire. Elle venait de Manchester, Connecticut, et avait fait ses études à l'université de Cornel. Elle ne lisait que des romancières noires américaines et sortait d'une histoire qui avait duré trois ans. J'étais amoureux.

On est restés là un bon moment à discuter. Je n'entendais rien de ce qu'elle disait, mais je la regardais attentivement. Je voyais ses yeux bouger. La manière dont elle soutenait mon regard me figeait sur place. Elle avait l'air légèrement effrayé à l'idée que la serveuse puisse la bousculer. Ses épaules dessinaient un arc au-dessus de sa poitrine lorsqu'elle se penchait en avant pour entendre ce que j'avais à lui dire. Je lui confiai que j'avais peur d'être en train de devenir celui que j'avais prétendu être tout au long de ma scolarité.

Quand je lui annonçai que ses amis étaient partis, elle répondit simplement : « Je sais. »

— Tu aimes ce groupe ? lui demandai-je.

Le chanteur était quasiment nu, il dansait sur scène dans une sorte de caleçon à pois.

— Pas tellement, dit-elle.

— Que fait-on ici alors ?

Elle détourna le regard – peut-être même esquissa-t-elle un sourire…
— Je peux te raccompagner ?

Pour rentrer, on traversa le Parc de Washington Square, dans le noir. Sans se tenir la main. On se contentait de marcher, lentement, les yeux furtifs, observant la ville en mouvement. Des voitures de police patrouillaient dans le secteur. Des jeunes de New York University sirotaient du vin et cassaient du verre au bord de la fontaine vide. Derrière les bosquets, on entendait murmurer : « Cocaïne ? Shit ? »

— En fait, je viens du Texas, affirmai-je en sortant de l'ombre pour franchir le rai de lumière qui filtrait de la statue de Washington. J'y ai passé les cinq premières années de ma vie. Je m'en souviens parfaitement. Parfois, j'ai envie d'y retourner et de vivre comme un homme, un vrai. Je m'imagine livrer du bois de construction, parlant de tout et rien avec un gars, Jimbo. "Fait pas froid aujourd'hui, hein, Jim ? – J'te le fais pas dire !"

Je n'avais aucune idée de la tournure qu'allait prendre mon délire. J'éprouvais juste un immense plaisir à parler à cette fille.

— … de retour chez moi, je sifflerais les chiens et me mettrais à bricoler un vieux truc naze. À la fin, je suffoquerais tellement de chaleur que je déciderais d'arrêter. "Suffit pour aujourd'hui !" Je retournerais sur la véranda en poussant du pied la double porte – "Ça fait un bail que je dis que je vais installer un écran grillagé." J'aurais un T-shirt tâché de soda à la cerise Dr Pepper, j'allumerais une Marlboro, ferais péter une canette et gratterais ma guitare, en sifflotant une chanson dont je ne connaîtrais pas la moitié des paroles.

Elle me regardait d'un air intéressé et suivait le déroulement de mon histoire pour voir où cela nous mènerait.

– Puis ma femme apparaîtrait sur le pas de la porte d'entrée dans une vieille robe délavée, de celles qui volent délicatement au vent, tu vois ? (Sarah acquiesça.) Elle fredonnerait un air, se pencherait sur l'un des piliers de la véranda, en soupirant : "Bigre ! Quelle canicule aujourd'hui. – T'as fichtrement raison !" répondrais-je. Et je poserais ma sacrée guitare par terre, ferais un pas vers elle et l'enlacerais par derrière. On se sentirait bien malgré la chaleur et la transpiration. Puis, peu à peu, on commencerait à s'embrasser.

Je lui racontais ce rêve de cow-boy surgi en pleine ville tout en marchant dans le parc, à travers la pénombre des arbres pollués de Manhattan.

– Que fait ta femme ? demanda-t-elle.
– Ce qu'elle fait ?
– Oui. Que fait-elle pendant que tu perds ton temps au dépôt de bois ?
– … J'en sais rien.
– Tu devrais faire attention, dit-elle en déployant les bras avant de les laisser retomber le long du corps. Elle pourrait avoir une liaison avec Jimbo.
– Tu crois ?
– C'est juste pour dire que tu pourrais t'écarter un peu de ton rabâchage.

Je me rappelle avoir paniqué à ce moment précis. Je me suis dit : « Si jamais je fais l'amour avec elle, elle sera probablement déçue par mes misérables prouesses sexuelles. » Sa chevelure, son corps aux proportions généreuses, sa robe verte évasée, ses jambes délicieusement moulées dans une paire de collants assortis ; tout en elle était beaucoup plus féminin que je ne pouvais l'assumer.

– Et toi ? C'est quoi ton histoire ? demandai-je. Tu cherches quoi ?
– J'aimerais pouvoir passer ma vie dans ma chambre à écrire des chansons.

Elle formula ce vœu avec l'air de quelqu'un qui n'a pas assez fait la fête.

– T'aurais pas envie de les chanter sur scène ?

— Non. Quand tu commences à te demander ce que les gens vont penser de toi, tu perds tes moyens.

— Tu n'as pas à t'en faire pour ça.

— Je sais, mais c'est encore plus facile si personne ne vient t'écouter.

Elle s'exprimait avec prudence, les yeux rivés sur les semelles de ses chaussures.

— De toute façon, je ne connais pas grand monde.

— Tu peux me connaître, moi.

— Ah ouais ? fit-elle, incrédule.

— Ouais, je suis cool.

Soudain, les coins de sa bouche dessinèrent un sourire malicieux.

— Peut-être, lança-t-elle, mais je ne suis pas encore sûre de vouloir te faire monter chez moi.

Une voiture de flic avec un mégaphone sur le toit surgit derrière nous et nous interpella bruyamment.

— Le parc est fermé, les enfants. Il est temps d'aller roucouler chez vous !

Je leur répondis par un signe de la main. J'étais plutôt vexé qu'ils nous aient traités d'enfants, mais je crois que Sarah était encore plus mal à l'aise à cause du mot «roucouler». Elle s'éloigna instantanément de moi pour marcher devant, sortant de l'ombre et passant sous l'arche violemment éclairée du monument de Washington. Parfois, j'imagine que cette arche est une porte communicant entre New York et Paris. Si je la prenais dans le bon sens, je m'envolerais jusqu'aux Champs-Élysées.

— Que fais-tu ? Comment vis-tu ? Comment gagnes-tu ta vie ?

Je lui posais ces questions en la talonnant de près.

— Pour l'instant, je m'occupe d'enfants, mais en réalité je suis chanteuse. Enfin, je crois…

— Pas possible. C'est vrai ? Tu chantes dans un groupe ?

— J'avais un groupe à la fac. Ça fait un an que j'ai arrêté pour partir à Seattle, mais ouais, c'est pour faire ça que je suis revenue.

— Tu joues d'un instrument ?

— Pas vraiment. Je veux dire… Je joue du piano et de la guitare, mais pas en public. C'est tout juste si j'ai le courage de chanter… Un jour, au lycée, avant un récital de piano, je me suis cassé la main pour éviter le concert.

— Comment ça, tu t'es cassé la main ?

— J'ai l'ai coincée dans une porte, du côté des gonds, et j'ai demandé à Gaby, ma meilleure amie, de la claquer. Ma main ne s'est pas cassée, mais elle est devenue toute bleue.

— Et tu considères Gaby comme ta meilleure amie ?

Elle sourit. Quelque chose dans son expression me donna envie de rire. Ses lèvres étaient juste un peu trop larges et trop rouges pour son visage. Elle semblait me défier de l'aimer.

— Tu ne parles pas sérieusement ? poursuivis-je.
— Si, fit-elle.

Je l'aimais. J'aimais cette fille. J'aimais sa façon de marcher, ses grandes foulées et sa démarche de fermière irlandaise. Lorsqu'elle parlait, elle avait toujours l'air de vouloir faire des gestes et de s'en empêcher.

Avec elle, mon taux d'estime personnel grimpait à un niveau que je n'avais pas atteint depuis longtemps. Quand je lui posai la question de savoir où je la raccompagnais, elle répondit : « 111, 10e Rue est. » Pile l'immeuble que j'avais passé tant d'heures à observer de ma fenêtre !

— Ma fenêtre donne sur ta porte d'entrée…

En arrivant devant son immeuble, j'eus la sensation d'entrer en scène. Je lui montrai mon appartement du doigt. On se sourit d'un air gêné et chacun endossa son rôle.

J'enfonçai mes poings dans mes poches – celles de la veste en daim que je ne quitte jamais – et me mis à parler avec frénésie. Elle tortillait bêtement les pans de sa robe et faisait glisser son pied d'avant en arrière tout en riant aux éclats. Elle avait un rire merveilleux. Le timbre de sa voix, sa façon de parler, évoquaient la solidité et la rugosité de la terre, comme un magnifique morceau de bois brut. Elle était douce et forte à la fois. Je ne voulais pas qu'elle se volatilise.

Je tentai de saisir sa main mais la manquai de justesse. Je ne réussis qu'à agripper sa manche. Elle leva les yeux vers moi. Saisie de panique, elle s'affala sur les marches de l'entrée, saisit son sac, fouilla à l'intérieur et en sortit un livre.

– Génial, pensai-je.

C'était *The Facts of a Doorframe* d'Adrienne Rich.

– Est-ce qu'Adrienne Rich est noire? demandai-je.

Elle sourit. Je pris place à côté d'elle et l'écoutai me lire quelques poèmes. Un truc sur l'ineptie des hommes. Elle remuait sans cesse et se grattait tout le temps le nez, ce qui me déconcentrait.

Je me mis à réciter un poème de Gregory Corso que je connaissais par cœur (quatre pages, s'il vous plaît!) Il parlait d'amour et de mariage : «*Non que je sois incapable d'aimer, je trouve seulement l'amour aussi incongru que le fait de porter des chaussures.*»

Si j'avais été chez moi, à la regarder depuis ma fenêtre, je serais devenu *amok*[1] et me serais mis à défoncer les murs de désir.

Le livre posé sur les genoux, elle venait d'entamer le poème suivant d'une voix calme et assurée. Elle avait cessé de jouer avec son nez. Je l'interrompis au milieu d'une phrase pour l'embrasser. Elle accueillit mon baiser avec toute la chaleur et la fougue dont peut rêver un jeune amant : de la volupté pure. Puis debout, l'instant d'après tournoyant, allant rebondir contre les portes à tambour, mais toujours s'embrassant, s'embrassant, s'embrassant. Cette femme timide à la chevelure noire et sauvage était maintenant suspendue à mes bras, à quelques centimètres du sol. Je la tenais si bien enlacée, dévorant ses lèvres, ses lèvres charnues, rouges et humides, que je ne m'étais pas aperçu que je l'avais soulevée de terre. On a dû s'interrompre un moment pour reprendre notre souffle. Un portier méfiant pointa le bout de son nez.

Sarah recula d'un pas, arrangea ses cheveux et tira sur sa robe. Elle posa sa main à plat au-dessus de sa poitrine comme pour calmer son souffle.

---

1. Terme malais pour « maudit ». Les notes sont de la traductrice.

Son visage s'était empourpré comme la terre rouge d'Irlande, se confondant avec le carmin de ses lèvres.

Nous cessâmes de nous regarder, nous éloignant l'un de l'autre en chancelant. Mais je croisai son regard. Au diable le portier! On s'embrassa à nouveau.

Un vieux monsieur entra dans l'immeuble en faisant crisser ses pieds.

– Ben alors! toussota-t-il d'un air entendu.

Sarah se rajusta et tenta de reprendre une contenance.

– Où est mon livre? demanda-t-elle.
– Dans ma main.

Je le lui tendis.

– Tu le tenais en m'embrassant, souffla-t-elle.
– Ouais.

Elle le récupéra, le rangea soigneusement dans son sac à dos et pénétra dans l'immeuble. On ne se dit pas au revoir.

Après avoir regagné ma fenêtre, regardant ce qui était maintenant *sa* porte, j'eus le sentiment profond que ma vie avait changé. Vraiment. Comme un enfant étendu sur son lit fixe le plafond obscur et réalise, pour la première fois, qu'il est mortel, lui aussi. Le sentiment de lire les dernières lignes d'un roman génial ou de voir la dernière image d'un film fabuleux et de plonger dans le noir.

Quand j'y repense, maintenant que mon appartement est meublé, je me rends compte que j'avais vu juste : ma vie a changé. Malheureusement, pas comme je l'aurais voulu. Je n'avais pas rencontré celle avec qui j'allais finir mes jours. J'avais vingt ans et, avant quelques mois, j'aurais le cœur brisé. Ce soir-là, je ne le savais pas encore et me contentai d'observer la rue, me demandant quelle était sa fenêtre. Je pris une grande feuille de papier, un feutre noir et écrivis « BONJOUR » en grosses capitales, avant de plaquer le message contre la vitre.

2

Chaque fois que ma mère me faisait asseoir à la table de la cuisine pour se plaindre de mes mauvais résultats scolaires, je lui répondais : « Écoute, ça va s'arranger, maman. Je vais m'en sortir. Je n'aime pas l'école, mais j'aime la vie. » Cela avait le don de la faire sortir de ses gonds. Elle me disait que le monde ne fonctionnait pas comme ça. Sauf que, pour moi, si.

J'obtins une bourse d'études. Ce qui me renforça dans mes convictions et ne fit qu'attrister ma mère. Elle me mit en garde : je n'étais qu'un poseur, la plus pathétique créature qui soit. Un poseur séduisant qui courait à l'échec parce que tout lui tombait toujours tout cuit dans le bec.

Au bout de six mois, je laissai tomber la fac et

m'installai à New York. Je travaillais de temps en temps comme comédien (mes cachets payaient mon loyer). Je maintenais la tête hors de l'eau tout en glandouillant au jour le jour, passant le plus clair de mon temps en compagnie d'un auteur dramatique, Decker.

Decker était long et dégingandé, le cheveu noir et gras, mais doté d'un visage de toute beauté. Des traits taillés au couteau. Il marchait le buste incliné en avant comme pour fendre l'air. Il souffrait d'arthrose depuis son plus jeune âge, ce qui avait déformé ses articulations. Avec tous les médicaments qu'il prenait, elles étaient pourtant bien huilées. En fait, il ne marchait pas, il virevoltait.

C'était le benjamin de huit frères. Sa mère s'était suicidée quand il avait quinze ans. Un jour, après lui avoir préparé son petit déjeuner, elle lui avait demandé s'il voulait bien sécher l'école pour lui tenir compagnie. Il lui avait répondu qu'il avait un examen, ce qui était faux, et l'avait laissée seule. Elle était instable et lui fichait la trouille. Mais ce jour-là, à la sortie de l'école, c'est en courant qu'il était rentré chez lui, mu par un obscur pressentiment. Il avait découvert sa mère égorgée.

Quelquefois, on se donnait rendez-vous à deux ou trois heures du matin dans une pizzeria sur St Mark's place et on parlait jusqu'au lever du soleil. Decker est la personne la plus raffinée que j'ai jamais connue. Il me prêtait toutes sortes de livres. Je les lisais le plus rapidement possible : je voulais en discuter avec lui avant qu'il se lasse et ne passe à autre chose.

On s'était rencontrés alors que je jouais dans une pièce dont il était l'auteur, intitulée *The Poem is You* : une histoire de frères qui traînent dehors le jour de la veillée mortuaire de leur mère. Participer à cette pièce fut l'une de mes rares joies de comédien.

Decker et moi avions pris notre mois de juin pour traverser les États-Unis. On poursuivait sans répit une prétendue «mission de libération des agents de péage». Enfant, Decker avait pour ambition de devenir agent de péage – il pensait qu'ils se mettaient directement la recette dans la poche.

À la mort de sa mère, il avait entrepris des recherches sur le suicide et s'était rendu compte que les agents de péage étaient la deuxième catégorie la plus touchée du pays après les dentistes. Alors qu'il n'avait aucune sympathie pour les dentistes, il se sentait en revanche très solidaire des employés d'autoroute tourmentés. Ainsi, à chaque fois qu'on passait un péage, on saluait le préposé avec un enthousiasme exagéré.

— Salut ! Comment ça va aujourd'hui ? (Agent obèse de l'État de New York.)

— Bien.

— La forme ?

— Ça peut aller. Un dollar vingt-cinq, s'il vous plaît.

— Ah oui, bien sûr. Dites, on est à combien des chutes du Niagara ?

— Cent soixante kilomètres environ. (Le gars attend de recevoir son dû.)

— Ce doit être beau les chutes, non ? (J'intervenais parfois dans la conversation.)

— De nuit, c'est pas mal, parce qu'elles sont éclairées. Mais de jour, c'est rien de plus qu'une chasse d'eau géante.

— Vous seriez pas en dépression ? (Question de Decker.)

— Et vous, vous seriez pas une paire de guignols ?

On a traversé tout le pays sans jamais s'arrêter plus d'une nuit au même endroit. Decker ne conduisait pas. Il n'avait même pas son permis. Sa contribution au voyage se chiffrait en bavardages incontrôlés.

En roulant vers Chicago, avec une lampe torche accrochée au rétroviseur intérieur, ses jambes interminables, ses genoux calleux encastrés dans le tableau de bord, Decker lut l'intégralité de *Henry V* avec une passion dévorante. Ç'a duré toute la nuit. Le lendemain matin, il avait une extinction de voix à force d'avoir hurlé pour couvrir le ronronnement du moteur de notre Toyota 83. À Chicago, il a décidé d'aller voir sa mère au cimetière, ce qu'il n'avait jamais fait. Il comptait lui écrire et déposer la lettre sur sa tombe. En cherchant la ville de banlieue où il avait grandi, on s'est gentiment descendu une bouteille de Wild Turkey. Decker a ensuite rédigé sa lettre. Il en a écrit sept versions différentes. Il me les a lues d'une voix râpeuse et shakespearienne en me demandant laquelle je préférais. Il s'agissait en fait de listes de choses qu'il avait accomplies, de petites amies qu'il aimait bien, de moi, de savoir si elle avait vu la pièce qu'il avait écrite et de lui dire à quel point il ressentait ce qu'elle avait dû ressentir. Pour moi, toutes les versions étaient bonnes. En approchant du but, il s'est mis en tête de taper la lettre à la machine.

— Ma mère est très à cheval sur la présentation, dit-il en plaisantant.

On s'est donc rendus chez un prêteur sur gages dont je me suis efforcé de charmer la patronne avec mon baratin sur le cimetière et ses environs.

Je me suis renseigné pour savoir où on pouvait trouver une belle piscine et une bonne salle de billard. Pendant ce temps, Decker, qui avait dégoté une vieille machine à écrire à l'arrière de la boutique, se dépêchait de taper son courrier.

Dans le parking du cimetière, Decker a décrété que déposer la lettre était au-dessus de ses forces. Il m'a demandé de le faire en vitesse. Je lui ai répondu qu'il devrait y aller lui-même parce qu'il risquait de le regretter dès qu'on aurait quitté les lieux. Il a insisté. J'ai cédé.

J'ai mis près d'une heure à trouver la tombe à cause du vent à décorner les bœufs de l'Illinois. J'étais tellement aveuglé qu'il m'était pratiquement impossible de déchiffrer les noms. Quand j'ai découvert la tombe, j'ai vu la photo sous verre, minuscule, posée contre la pierre. La mère de Decker était très belle. Le visage rond et jeune. On pouvait lire *À notre mère, sœur, femme et amie*. Je n'avais qu'une hâte, c'était de lâcher la lettre et de décamper, mais avec le vent en rafales, je savais qu'elle s'envolerait aussitôt. Je me suis donc mis à genoux, me courbant contre le vent, et j'ai commencé à creuser doucement la terre de mes mains. J'étais terrifié à l'idée qu'elle puisse surgir et réclamer son fils, mais je me suis obstiné à faire un trou assez profond pour y planter la lettre.

Une fois la lettre enterrée sous une touffe d'herbe, je me suis assis un instant, ivre de Wild Turkey ou peut-être de peur. À genoux, immobile, avec le vent qui balayait des mèches contre mon visage, j'ai compris le sens du mot « amitié ». Je venais de me faire mon premier ami. Il m'était arrivé d'accomplir des choses éprouvantes, mais je n'aurais fait ça pour personne d'autre.

À mon retour à la voiture, Decker ne m'a rien demandé. Ni ce qui avait pris tant de temps. Ni comment je m'étais débrouillé avec le vent. Il s'est contenté de garder le silence alors qu'on s'éloignait. Quelques mètres après avoir franchi la frontière de l'État de l'Illinois, il a commencé à soliloquer sur AC/DC en disant à quel point le groupe était sous-estimé.

De retour à New York, cet été-là, j'ai passé une audition. J'ai obtenu un second rôle dans un film à petit budget qui devait se tourner à Paris. C'était tentant, la France.

À l'époque où j'avais rencontré Sarah, je faisais la bringue à New York. Je me défonçais à l'alcool en attendant mon départ. La dernière fille avec qui j'avais couché traînait dans un bar de l'East Village. Tout en bois, minuscule et enfumé. J'avais faussé compagnie à Decker et à un tas de copains pour atterrir seul dans ce rade et me soûler la gueule. Il y avait un billard au fond de la salle. Au bout de quelques minutes, la fille est arrivée moulée dans une minijupe noire, le T-shirt remonté sur la poitrine. Elle m'a proposé de jouer avec elle. On a fait deux parties. Nos mains se frôlaient un peu trop. Je l'ai enlacée pour l'aider à viser. Mes bras enroulés autour de ses seins nus. Elle frottait son cul contre ma cuisse. À la fin, elle est venue jusqu'au tabouret sur lequel j'étais assis, s'est penchée droit sur moi, et a chuchoté : « J'aimerais te baiser jusqu'à l'os. » Trop bourré pour réagir au choc, je suis rentré avec elle.

On a commencé à s'ébattre dans les escaliers, ce qui fait qu'on avait à peine franchi le seuil de son appartement qu'on était déjà en train de baiser. À un moment donné, elle m'a arrêté, s'est redressée, à poil, et s'est précipitée vers la salle de bains pour dégueuler. Elle ne devait pas avoir plus de dix-neuf ans. En tout cas, elle était sûrement plus jeune que moi.

Sarah venait juste de débarquer à New York. Elle vivait chez des amis de l'autre côté de la rue en attendant d'emménager. Le lendemain de notre rencontre, elle chantait dans le même bar, le Bitter End. Je m'y suis rendu avec Decker pour voir ce qu'elle valait. Decker avait l'air d'un junky ce soir-là. Il avait les cheveux luisants de gras et son corps squelettique semblait avoir rallongé. Phénomène dû au manque de sommeil. Quand on est arrivés, le bar était plein à craquer et tout le monde semblait se connaître.

J'aperçus Sarah. Debout sur le côté de la scène, elle tripotait des câbles et un micro en essayant de suivre une conversation avec deux autres filles. Elle s'emmêlait les pieds dans les fils électriques et trébuchait entre les câbles.

– C'est elle, fis-je à Decker.
– Laquelle ?

Je me souviens du choc quand il m'a demandé ça. « Laquelle ? pensai-je. Comment ose-t-il poser la question ? »

– La fille là-bas, qui joue avec les câbles.
– Ouais, dit-il, mignonne.

Il s'en fichait royalement.

– À ton avis, ça va durer longtemps ? Tu crois que je devrais rameuter d'autres nanas ?

J'observais Sarah qui faisait semblant de s'intéresser à ce que ses deux copains lui racontaient.

– Qu'est-ce qui cloche avec ses cheveux ? demanda Decker.
– T'as vu ? Ils sont nazes ! fis-je béat d'admiration.

Je m'avançai jusqu'à elle. Decker se fraya un chemin jusqu'au bar. J'étais certain que Sarah avait senti ma présence bien avant de se retourner.

— Salut, dit-elle.

— Content de te voir. Comment tu t'appelles déjà?

— T'as oublié mon nom?

— Je plaisante.

Elle ne sourit pas. On s'étudiait en silence. Tout en continuant de tripoter les câbles, elle me regardait comme si je venais de la coincer la main dans le sac.

— C'est pas drôle. Je suis un peu nerveuse.

Ça se voyait. Elle était parfaitement immobile et jetait des regards sombres tout autour d'elle.

— Comment t'as su qu'on jouait?

— On me l'a dit.

— Ah bon? Comment ça se fait?

Elle était légèrement essoufflée.

— Parce que je me suis renseigné.

— Ah? Pourquoi?

— Peut-être bien que j'espérais te revoir…

Je m'interrompis. Ses yeux plantés dans les miens, je tapotais mes poches à la recherche d'une cigarette.

— T'es pas mal, lâcha-t-elle. Je ne savais pas que tu portais des lunettes.

— C'est, qu'hier soir, j'en avais pas.

Elle fit une pause interminable.

— Tu saurais dire de quoi j'avais l'air ?

— Parfois j'ai des verres de contact.

— Oh, s'écria-t-elle. À quoi je ressemble ?

Elle laissa tomber les câbles et se redressa les bras le long du corps. Je la regardai. Elle portait une jupe longue vert foncé et un T-shirt de coton épais avec un petit drapeau soviétique au-dessus du sein gauche. Elle tenait sa tête légèrement inclinée et se mordillait la lèvre inférieure. Elle avait les sourcils en bataille et le front plissé, mais son regard captivant retenait l'attention. Elle avait les yeux verts. Authentique. Je pouvais le certifier même dans la pénombre du bar. C'était la femme la plus saisissante que j'ai jamais vue. Par la suite, je le lui ai souvent répété parce que c'était vrai. Pour le moment, je ne pouvais que lui dire « tu es belle ».

— Je me sens affreuse, dit-elle sans aucune émotion. Et mon micro ne marche pas.

— Tu n'es pas affreuse du tout.

Je me baissai pour vérifier les branchements du micro. Elle s'agenouilla, son visage et son souffle contre le mien.

— Salut, dit-elle.

— Salut, fis-je.

Je fis lui montrai le suçon qu'elle m'avait imprimé la veille au soir sur le cou.

— Oh, mon Dieu! s'écria-t-elle un peu plus fort qu'elle n'aurait voulu en plaquant ses mains dessus. C'est moi la coupable? murmura-t-elle.

— Ouais.

Ses mains étaient douces sur mon cou. J'avais envie de l'embrasser et de la supplier d'arrêter d'être nerveuse. J'étais certain qu'elle serait parfaite.

— Tu m'en veux? demanda-t-elle.

— Non.

Elle se mit à examiner le suçon en minaudant comme si elle en avait peur.

— Tu fais ça à chaque fois? demanda-t-elle.

Nous étions toujours accroupis sur scène. Le public continuait d'affluer.

— Si je fais quoi?

— Embrasser les filles.

Je ne savais pas quoi répondre.

— Tant pis, dit-elle. Évidemment que tu le fais à chaque fois.

Je me contentai de la regarder, incapable de prononcer un mot.

Surgit alors un grand échalas noir coiffé d'un haut de forme :

— Hé, Sarah. On va y aller dans dix minutes environ. OK?

— OK, dit-elle en bondissant sur ses jambes, avant de se précipiter vers les toilettes en fendant la foule.

— Elle va bien ? demanda-t-il.

— Ouais. Je crois qu'elle a un problème avec son micro.

— Dis-lui que je m'en occupe.

— Merci, fis-je en courant rejoindre Sarah.

Je l'attendis devant les toilettes. Sur la porte, il y avait un autocollant représentant une figurine en jupe. Je me fis moi-même l'impression d'être une figurine en pantalon. Je ne la connaissais pas assez pour oser entrer, mais j'en avais drôlement envie. Quelqu'un sortit, j'en profitai pour bloquer la porte du pied. Je l'appelai gentiment.

— Sarah ? Ah… Le mec a dit qu'il allait arranger ton micro.

Je l'entendis alors chuchoter :

— Viens.

— Quoi ?

— Viens ici, répéta-t-elle d'une voix douce et pressante.

Je pénétrai prudemment dans les toilettes pour dames. Je surpris mon reflet dans le miroir et voulus aussitôt être ailleurs. J'entendis à nouveau sa voix me murmurer « Viens. » La première porte s'entrouvrit. J'entrai et la refermai derrière nous.

Elle était pâle. La lumière était crue. On se regardait sous les néons, debout l'un près de l'autre. Il y avait peu d'espace entre nous. Elle tournait le dos aux toilettes et moi à la porte. J'éprouvais un sentiment de malaise. On se sentait un peu bêtes.

— Je me sens ridicule, dit-elle comme si elle en avait après quelqu'un d'autre.

— Ouais.

Silence.

— Tu me prêtes ta veste ? demanda-t-elle.

— Bien sûr, répondis-je en me contorsionnant pour me déshabiller dans ce réduit.

Ma fameuse veste en daim brune, celle que je porte tout le temps, par tous les temps. Comme un gamin de cinq ans, j'étais le genre de mec à enfiler une veste en jean en plein Texas par 100° au soleil pour faire cool. Je ne sais pas pourquoi, mais cela me faisait plaisir de la lui donner. Elle me la prit des mains.

— Désolée pour le suçon, répéta-t-elle en levant les yeux vers moi.

Son visage était pile sous le mien. Son haleine était fraîche contre ma figure. J'avais envie de l'embrasser, mais j'avais peur.

— Ça n'a aucune importance.

— Bon. Tu devrais peut-être sortir maintenant.

— D'accord.

Je n'avais pas la moindre idée de ce que j'étais venu faire là. Je tentai une rotation pour m'extraire des toilettes quand elle émit un «Hé!» Je me retournai pour la regarder.

— Ben… euh…, balbutia-t-elle, les yeux rivés au sol.

Je dégageai ma main pour lui soulever le menton dans l'intention de lui donner un petit baiser d'encouragement, mais aussitôt que nos lèvres entrèrent en contact, elle me pressa sauvagement, m'embrassant à pleine bouche. Ma veste entre ses mains, elles se hissa contre mon visage. Ma jambe heurta le rouleau de papier toilettes et on alla se cogner contre le mur. Ses lèvres étaient brûlantes comparées à la fraîcheur de sa bouche.

Elle s'arrêta et se servit de ma veste pour dégager une mèche de cheveux.

— Il me semble que tu devrais vraiment t'en aller, dit-elle en se touchant les lèvres du revers de la main.

— Bonne chance, fis-je.

— Merci.

Elle tenta de sourire. J'ouvris la porte. Me retournant à nouveau, je suggérai :

— Fais comme si tu étais quelqu'un d'autre.

— Qu'est-ce que tu veux dire? fit-elle d'une voix un peu haut perchée.

— Tu n'as qu'à penser à ta chanteuse préférée. Fais comme si tu étais elle pendant un moment. Tu verras, tu seras sûrement toi-même.

— Je ne pense pas.

— Bon, mais quoi qu'il en soit, essaie de prendre ton pied! fis-je en sortant.

De retour dans la salle, je retrouvai Decker. En baissant les yeux, je m'aperçus que mes mains tremblaient.

Debout au milieu de la scène, la tête inclinée, elle fixait le sol. Elle n'avait pas de guitare. Seulement un micro. Les poings serrés dans les manches de ma veste. Elle leva les yeux juste avant le début de la chanson. Son regard transperça la salle.

Je me déplaçais derrière la foule pour la voir. Je fumais clope sur clope.

«Arrête de me regarder, *s'il te plaît*», semblait-elle me supplier.

C'est précisément son horreur du public qui la rendait si fantastique sur scène.

Elle jouait avec le groupe de sa fac. On la présenta au public. «*Fraîchement arrivée de Seattle, voici Miss Sarah Wingfield!*»

«C'est ma veste qu'elle porte», dis-je au mec à côté de moi.

À mesure que le concert progressait, elle desserra les poings, lâchant les revers de ma veste. Elle se laissa aller à des gestes, ramenant les mains contre sa poitrine et les renvoyant le long de ses flancs. Elle enveloppait toute la salle de sa voix douce et mélodieuse.

À la fin du concert, Decker parla de s'arracher. Je répondis que j'avais l'intention de rester dans les parages.

— Fais gaffe, me dit-il.
— À quoi?
— Je sais pas. C'est plein d'abrutis ici…

Il partit. Je me glissai dans les coulisses. Une masse de gens était agglutinée autour du groupe. Je brandis en douce vers Sarah une feuille de papier écrite à l'encre rouge : « TU ES TELLEMENT BELLE. » Elle se mordit les lèvres en détournant le regard, mais j'aperçus son sourire.

Deux heures après le concert, j'y étais toujours, à boire avec elle et ses copains de fac. On trouva un coin où s'embrasser, là où était rangé le matos. Pour elle, il était hors de question de s'embrasser en public.

— Tu trouves que j'ai bien chanté ce soir?
— Je t'ai trouvée pas mal.
— Pas mal?
— Excellente.

– Vraiment ?

J'éclatai de rire.

– Ouais, pas mal pour une blanche.

– J'étais pas mal, en effet.

Malgré le mal que j'avais à la distinguer dans la pénombre, je savais qu'elle repassait le concert dans sa tête. Elle riait. Je ne l'avais jamais vue éprouver de la gaieté pour elle-même, et cela lui allait plutôt bien.

– Je t'aime bien, dit-elle, tu es gentil.

– Ah ouais ? Merci. Tu es gentille aussi.

– Tu vois, moi aussi je peux le faire, dit-elle en prenant une pose arrogante.

– De quoi tu parles ?

– Moi aussi, je joue les dures quand je chante et, comme toi, j'ai la mâchoire qui se déforme et les dents de travers.

Elle leva les poings comme un boxeur professionnel.

– Puisque tu es dure et méchante, tu devrais peut-être me rendre ma veste, non ?

– Non. Elle est à moi maintenant.

Elle tourna les talons et s'enfuit en courant.

J'eus du mal à dormir cette nuit-là. Je m'imaginais quelle impression ça me ferait de la voir en train de se coucher.

Le lendemain après-midi, je lui ai proposé un ciné. On a pris la ligne 1 jusqu'au Lincoln Center. On était assis l'un en face de l'autre dans le métro qui roulait vers le centre de Manhattan. Elle lisait les affiches publicitaires au-dessus de ma tête et je la regardais.

— Dans un mois, je pars, tu sais.
— Ah bon ? Pourquoi ?
— Je… euh… Je joue dans un film.
— C'est vrai ? Et pendant combien de temps ?
— Juste quelques semaines.
— Ah… T'es vraiment acteur ?
— Ouais.
— Ça te plaît ?
— C'est la seule chose que je sais bien faire.

Elle garda le silence un moment en fixant le cœur en argent qui pendait à son cou au bout d'une chaîne.

— Tu pars où ? demanda-t-elle.
— À Paris.
— C'est une destination amusante, j'imagine.
— Tu veux qu'on se marie ? dis-je sans réfléchir.
— Quoi ? Toi et moi ? Non.
— Je plaisante.
— Fais attention, dit-elle.

Au même moment, la rame nous secoua légèrement.

— À quoi?
— À ne pas dire n'importe quoi n'importe comment. Crois-moi, tu n'es pas obligé, dit-elle en levant le regard vers moi.
— Je ne le ferai plus.
— Je suis du genre fragile, tu sais.
Elle ôta un cil de mon visage.
— Bon.
— Et puis tu me fais peur.
— Pourquoi?
— Oh, s'il te plaît! dit-elle en prenant le cil sur son doigt.
Ne sachant pas qu'en faire, elle le déposa délicatement sur sa langue.
— Je ne pensais pas me retrouver dans cet état.
— Quel état?
— Terrifiée, dit-elle en ramenant ses pieds en tailleur, à l'indienne, sur la banquette en plastique rouge. Ne t'avises jamais de promettre une chose qui ne soit pas une promesse.
J'ai failli répondre «promis», mais me suis ravisé. Je préférais attendre d'être certain qu'elle me croie. Je m'étais déjà complètement convaincu moi-même.
La rame s'arrêta à nouveau.
— Je ne pense pas en être capable, dit-elle en riant.
— Capable de quoi?

— De tout ça. Rencontrer quelqu'un. L'aimer. C'est tellement… Je ne sais pas. J'en suis là. La suite, ce sera sans doute la fuite. Et je vais te faire du mal.

Elle se remit à jouer avec les fils de mon jean.

— Tu ne peux pas me faire de mal. Fais-moi confiance. Je parle sérieusement. C'est bien le problème.

J'essayais d'avoir l'air calme. Je n'exigerais rien. J'étais complètement autonome. Tout ce que je lui demandais, c'était de rester disponible et de se laisser distraire.

J'avais passé ma vie dans l'incapacité de gérer et d'assumer quoi que ce soit. Je suis père d'enfants avortés, tous deux de ma première fiancée, Samantha. On était terriblement féconds. La première grossesse remontait à notre première expérience sexuelle, d'un côté comme de l'autre. Samantha m'avait révélé son état dix minutes seulement après avoir avorté. Je lui dis que je l'aurais épousée, mais au fond, je n'en sais rien. On n'avait que seize ans. La deuxième fois, quand elle était retombée enceinte l'année suivante, juste avant d'entrer à la fac, je m'étais contenté de lui envoyer sept cent cinquante dollars.

Quand on est sortis du métro, avec Sarah, on a couru sur les escalators du Lincoln Center, pressés de se retrouver à l'intérieur du cinéma. On y donnait une reprise de *King of Hearts*. J'ai passé la séance à observer ce qui la faisait rire. Sarah regardait l'écran, contrairement à moi qui jetais un œil çà et là tout en jouant avec le cœur en argent de sa chaîne, en essayant de lui embrasser l'oreille.

– Hé, comédien ! ne cessait-elle de répéter. Regarde le film !

Je confiai à Sarah que mes parents s'étaient mariés quand ma mère avait seize ans et avaient divorcé avant ses dix-neuf.

Je lui confiai aussi que lorsque j'étais enfant, ma mère avait l'habitude de me caresser le dos chaque soir avant que je m'endorme. Un soir – je devais avoir douze ou treize ans – elle s'interrompit pour me dire :

– Tu sais William, ce n'est plus possible maintenant.

– De quoi ?

– Je ne peux plus te caresser le dos.

– Pourquoi ?

– Eh bien, parce que tu y prends goût… Tu es le genre de garçon à engrosser les filles.

Je n'avais pas la moindre idée de ce dont elle me parlait, mais elle ne m'a jamais plus caressé le dos.

Je racontai les deux avortements de Samantha à Sarah pour lui prouver à quel point ma mère avait raison.

Avec Sarah, j'osais dire tout ce qui me passait par la tête.

De son côté, elle était plus secrète, plus réservée. Quand elle avait une révélation à faire, elle employait toujours des mots mûrement réfléchis. À moins de tomber de sommeil. Alors, elle se mettait à bavarder sans relâche. Elle me parla de son chien, Finnegan, le chien magique, héros de toutes ses peurs enfantines. Elle me raconta certains épisodes de son année à Seattle. Seule. Trop timide même pour oser parler au mec mignon qui, chaque jour à midi vingt, entrait s'acheter un sandwich au poulet. «J'adore les sandwiches au poulet!» avais-je envie de hurler.

Le samedi, quatrième jour de notre rencontre, on a marché jusqu'au zoo de Central Park pour voir Gus, l'ours polaire qui fait des aller-retour continus dans sa petite piscine synthétique.

— Il a une telle expression qu'il ne fait pas pitié, dit-elle. Même s'il est beaucoup trop gros pour un espace aussi petit.

On est restés collés l'un à l'autre à le regarder nager dans son aquarium. Il sortait, se secouait et sautait à nouveau pour recommencer. Quand il s'est mis à pleuvoir, on n'a pas détalé en courant. On a descendu la 5ᵉ Avenue en ignorant l'averse.

– Tu sais ce que je vais faire ? dis-je.

– Quoi ?

– Je vais acheter une voiture, une vieille bagnole avec un énorme tableau de bord, et te conduire à Nashville. Je vais t'emmener au Grand Ole Opry[2]. Je ferai de toi une star.

– Ah ouais ? Tu crois ?

– On se nourrira de chili con carne et de soda. J'irai dans les stations de radio et les obligerai à t'écouter chanter. Ils me prendront pour un fou. Alors tu apparaîtras, parée de vêtements volés chez Woolworth's – ce qu'ils auront de mieux...

– Woolworth's ?

– Ouais, les temps seront durs.

On commençait à être vraiment trempés. Son T-shirt lui collait à la peau, soulignant la courbe de ses seins. En courant, je me mis à glisser sur la chaussée mouillée à cause de mes vieilles godasses pourries qui n'avaient pratiquement plus de semelle. Géniales pour la glissade.

– Attention aux voitures ! s'écria-t-elle.

---

2. Grand Opéra né en 1925 d'une petite station de radio de Nashville qui diffusait de la country en direct et devenu le temple de la country music.

Elle avait enlevé ses chaussures et en prit une dans chaque main. Elle traversa les flaques pieds nus, son sac dégoulinant, toujours sur le dos.

— Je pourrai chanter du Johnny Cash? fit-elle sur mes talons.

— Évidemment! Ils bouffent du Johnny Cash à tous les repas là-bas.

— Je ne veux pas être une trop grande star quand même, d'accord?

— Non. Pas trop. Juste assez.

Elle se mit à courir en essayant de glisser jusqu'à moi, mais avec ses pieds nus, elle trébucha. Je la rattrapai et l'embrassai.

— J'ai envie que tu viennes habiter avec moi. (Les mots m'échappaient de la bouche.) Je veux dire, au moins jusqu'à ce que tu aies ton appartement.

La pluie ruisselait sur sa chevelure. Avec le poids de l'eau sur ses boucles, son visage n'était plus que deux immenses yeux.

— J'ai une cicatrice ici.

Elle m'indiqua un point sur son ventre juste au dessous du nombril. Sa robe trempée était plaquée contre ce ventre qu'elle me montrait. Qu'elle était sexy! Ses cuisses, ses hanches, ses épaules menues, tout ruisselait.

— Tout va bien. Je n'ai rien contre les cicatrices.

— Alors oui, j'adorerais m'installer chez toi. Enfin, jusqu'à ce que je m'installe dans mon appartement.

— D'accord. Marché conclu.

— Marché conclu, approuva-t-elle, le nez ruisselant de gouttes.

L'idée de lui imprimer un gros baiser mouillé m'effleura, mais je m'élançai plutôt dans une flaque d'eau pour exécuter une belle glissade. Quand je me retournai, je la vis levant les bras au ciel, laissant l'eau lui dégouliner dessus, partout, sur les seins, dans la bouche et le long de ses cheveux raidis par la pluie.

On s'était rencontrés un mercredi soir. Je lui avais demandé de venir habiter chez moi le samedi. Le dimanche, mon appartement était fleuri et des voix féminines fusaient de ma chaîne stéréo. J'étais aux anges.

Je ne me souviens pas m'être réveillé ce dimanche-là — peut-être que je n'ai pas dormi. J'étais resté assis sur le lit à regarder Sarah. Elle s'était couchée toute nue, mais ne m'avait pas laissé lui faire l'amour. Ça m'était égal. J'adorais la regarder dormir. La lumière pénétrait par la fenêtre et inondait son visage. J'écartai les draps pour admirer ses seins qui se soulevaient au rythme de sa respiration. Ils semblaient assoupis eux aussi. J'espérais qu'elle ne se réveillerait pas. Je la recouvris jusqu'au menton. Je regardai ma chambre. Je regardai dehors.

Et j'ai pensé : « Ça doit être ça, prier. »

3

Mon père vivait au Texas. Il habitait 3119 Pecan Avenue, à l'est de Fort Worth. Une maison de style ranch qu'il partageait avec son ami Taylor, alias Brother. Mon seul souvenir de Brother est une vision de lui en sous-vêtements, assis sur notre sofa en train de caresser son ventre velu. Si quelqu'un s'avisait de lui demander pourquoi il ne portait pas de pantalon, il répondait invariablement que ça lui compressait l'estomac.

Dans l'allée, il y avait une Plymouth Barracuda 1964 grise et cabossée. On l'avait surnommée «Le Loup» en raison de son aile toute gondolée qui avait l'aspect de crocs. On avait aussi un chat, Jake, qui traînait toujours dans la cour, quand ce n'était pas sur le toit de la bagnole. Jake était un caïd. Il n'avait qu'un œil. Si, par malheur, il m'arrivait de lui écraser une patte, il la jouait cool, ambiance «même pas mal». Mais une heure après, profitant que j'étais confortablement installé devant la télé ou occupé à autre chose, il se ruait sur moi et me griffait jusqu'au sang. Ça, c'était Jake tout craché. Pour moi, c'était l'animal le plus cool de la terre. J'enviais sa résistance. Mon père aussi était cool. Il était grand et baraqué. En trois ans, il ne s'était jamais rasé ni coupé les cheveux. Il avait décidé qu'il ne le ferait pas tant que ma mère ne serait pas revenue.

Ma mère ne reviendrait pas. Comme chaque dimanche sur deux, elle venait me récupérer, mais jamais elle ne franchissait le seuil de la maison. Elle nous avait prévenus. J'adorais cette maison. Le mobilier se composait d'un énorme sofa brun, d'un poste de télé, de matériel de jardinage et d'un piano à queue Steinway. Il y avait d'autres curiosités, parmi lesquelles des ronds de serviette avec des devises cochonnes imprimées dessus, des centaines de cannettes Dr Pepper et de vieux cendriers sur pied assez kitsch. La maison était parfumée à l'odeur des cigarettes Kool.

J'adorais mater les vieux westerns, mes colts étalés devant moi, prêt à dégommer les méchants. Mais ce que j'aimais par dessus tout, c'était m'asseoir sous le piano à queue de mon père et l'écouter jouer. Il connaissait par cœur l'album de Willie Nelson, *The Red-headed Stranger*. Et ne se lassait jamais d'interpréter ses propres versions pendant des heures et des heures. Autant que je me souvienne, la plupart des chansons parlaient de ce gars, «l'étranger roux», qui tua sa femme par passion. Pendant tout le week-end, mon père s'escrimait à me les apprendre et, quand arrivait le dimanche après-midi, aux alentours des cinq heures, il me renvoyait chez ma mère. À cette époque, j'avais cinq ans et lui vingt-quatre.

Le dernier week-end que j'ai passé chez lui avant de quitter définitivement le Texas, on a filé chez le coiffeur. Mon père avait fini par se décider. À la sortie, avec ses cheveux courts et sans barbe, je ne l'ai pas reconnu. J'ai fondu en larmes.

Il m'a transporté jusqu'à la Barracuda. On s'est assis. Il faisait toujours une chaleur incroyable dans cette bagnole. Ça sentait le renfermé et le skaï brûlé. On est restés là un bon moment à suffoquer, avec le soleil qui cognait contre les vitres crasseuses. Mon père n'avait même pas mis le contact.

Il s'est tourné vers moi et m'a dit : «Écoute William, ta mère déménage et je ne peux pas vous suivre. Je ne peux pas parce que… parce que…

euh… je ne peux pas. Et ça me tue. Vraiment, ça me fait un mal de chien. Tu comprends ? »

Je ne comprenais pas. Son visage avait tellement changé que je ne reconnaissais même pas sa voix. Il s'acharnait à se frotter les yeux – il y mettait trop d'acharnement, à mon avis.

« Dès que j'aurai rassemblé un peu d'argent, je te ferai venir le plus vite possible, mais je ne pourrais pas te payer le trajet trop souvent, d'accord ? Pas aussi souvent que je le voudrais, tu comprends ? Je veux juste que tu te souviennes de ce que je te dis. C'est pas moi qui pars, compris ?

– Compris, dis-je. »

Je n'avais aucune idée de ce dont il était en train de me parler. J'avais juste beaucoup trop chaud et je transpirais comme un malade.

« Tu devrais enlever ton blouson, William. Tu veux enlever ton blouson ? »

4

On a d'abord acheté un matelas. J'étais tout excité. Cet achat éveillait en moi de grandes espérances. L'appartement de Sarah était enfin libre et je l'ai aidée à emménager. J'ai grimpé les cinq étages de son immeuble comme un fou en portant le matelas. J'avais tellement envie de coucher avec elle que je pouvais à peine lui adresser la parole. On avait déjà fait des tas de préliminaires, il nous arrivait même, parfois, de nous ébattre toute la nuit, mais on n'avait pas «couché». J'avais l'impression qu'elle me testait. Pour moi, il était hors de question de dire que je ne couchais pas. Personne n'était au courant. Pas même Decker. Ça aurait paru ridicule.

L'appartement de Sarah ne comportait qu'une seule pièce avec un long couloir qui partait de la salle de bains. En déposant le matelas au sol, je l'ai vue, dans sa robe verte, assise pieds nus sur le parquet. Elle parcourait les murs du regard. Debout derrière elle, j'essayai de deviner à quoi elle songeait. Dehors, on entendait la brise tiède qui faisait frissonner les feuilles. Ça sentait la fin de l'été. Comme une odeur de rentrée scolaire. Je savais que Sarah attachait beaucoup d'importance au fait d'avoir un chez-soi. J'avais envie qu'elle reste assise à écouter le vent. Je n'avais qu'un désir : être en elle et la dévorer des yeux.

Je me suis précipité en bas pour prendre le reste de ses affaires. Je commençais à redouter de tomber amoureux d'une femme qui ne s'autoriserait peut-être jamais à m'aimer en retour. Parfois cela me mettait en colère, mais j'essayais de contenir ce sentiment. J'aimais bien porter ses affaires. Cela m'apaisait.

Une voisine de Sarah frappa à la porte. Une vieille hispanique qui habitait l'immeuble depuis vingt-sept ans. Elle nous offrit des brownies enveloppés dans du papier alu. Elle trouvait qu'on formait un beau couple.

Une fois le hall de l'immeuble débarrassé et toutes ses affaires entreposées dans l'appartement, je vins m'asseoir sur le rebord de la fenêtre. J'allumai une cigarette.

— On devrait peindre les murs ce soir, dit-elle.

— Tu n'as pas sommeil? fis-je, plein d'espoir. Moi, je suis claqué. On pourrait ouvrir une cannette et en profiter pour essayer ce matelas, non? Les murs, ça peut attendre demain.

— Je trouve qu'on devrait s'y mettre ce soir, insista-t-elle en s'avançant pour s'appuyer sur l'autre fenêtre.

— Très bien. D'accord. C'est ça, peignons! dis-je, un peu las.

— OK, qu'est-ce que tu veux faire?

— Tu le sais très bien. Mais la peinture, ça me va aussi.

Je me donnais envie de vomir. Je faisais la gueule. Je ne me supportais pas. Ça me rappelait mes premières années de lycée, à quel point j'étais dégoûté par les conversations des plus grands, qui jetaient systématiquement les nanas avec qui ils n'arrivaient pas à conclure. J'aurais échangé ma bicyclette juste pour pouvoir échanger deux mots avec l'une d'elles.

Je me suis levé et j'ai commencé à ouvrir les pots de peinture. J'ai pris un rouleau et Sarah m'a suivi avec un pinceau. Elle avait enfilé un vieux T-shirt rouge avec des inscriptions en français. Il lui moulait la poitrine comme pour me provoquer. Je lui demandai de me le traduire. «Insatiable», me répondit-elle en souriant.

J'ôtai mon T-shirt. Sarah me dessina deux bandes bleues de guerrier Sioux sur chaque joue, et je traçai du doigt deux ovales autour de ses yeux.

Je suis nul en peinture. Je me laisse trop facilement distraire. Au bout d'une demi-heure à peine, elle s'est retrouvée avec l'empreinte de ma main sur les fesses et une trace en travers du sein gauche recouvrant l'inscription en français.

— Tu te sens viril ? Hein ? C'est ça ?

Elle m'a menacé de son pinceau. Avec ses ronds autour des yeux, elle ressemblait à une Gorgone.

— Oui, on peut dire ça comme ça.

— Eh bien, mon coco, t'as intérêt à t'y mettre sérieusement, parce qu'on n'ira pas se coucher tant que cet appartement ne sera pas tout bleu !

De mémoire d'homme, il n'y eut peintre plus fougueux que moi.

Une fois la pièce presque terminée, Sarah, penchée sur une prise électrique, s'attaqua aux finitions. Elle avait relevé ses cheveux en chignon. Je vis une goutte de sueur rouler le long de son cou et disparaître sous son T-shirt.

M'avançant jusqu'au réfrigérateur, j'en sortis une bière, l'ouvris et revins la coller contre sa joue pour la rafraîchir.

Sur un petit radiocassette, on entendait une de ses compilations. On a commencé à danser. Ou, plutôt, à remuer corps contre corps. Mes doigts sont remontés le long de son dos. J'espérais qu'elle sentirait la force de ma main. Elle m'a embrassé dans le cou, reposant de tout son poids contre moi. On a dansé pendant tout le morceau. Sept minutes et deux secondes de *By the Time I Get to Phoenix* de Isaac Hayes. Je l'ai alors soulevée et transportée jusqu'à notre matelas.

— Ne me porte pas, dit-elle.
— Pourquoi ?
— Je n'aime pas ça.
— Moi, si.

Je l'ai déposée sur le lit. Elle s'est redressée pour s'adosser au mur.

— Tu ne devrais pas avoir besoin de prouver que tu es le plus fort.
— Mais c'est pas vrai !
— Pourtant, moi, je ne peux pas te soulever.
— Et alors ?

Je me suis allongé en travers du matelas, les yeux au plafond, exaspéré.

— Et alors, ça me donne l'impression d'être faible.
— Mais tu ne l'es pas.
— Et si on mettait des draps ? suggéra-t-elle en bondissant sur ses jambes.

Elle se mit à fouiller dans l'un de ses sacs.

— Tu n'as pas idée à quel point je me sens couillon !

— Comment ça ?

— Eh bien, quand tu penses au sexe vingt-quatre heures sur vingt-quatre, tes neurones en prennent un sacré coup.

— On aurait dû le faire dès la première fois. La première fois qu'on s'est embrassés, j'avais envie de coucher avec toi. Tu m'as laissé trop de temps pour réfléchir. Je ne pensais pas que tu allais t'attacher.

— Et moi, je ne pensais que tu voulais juste tirer un coup.

— Oh, ça va ! fit-elle en rapportant les draps.

Elle se rassit à côté de moi. Elle avait éteint les lumières, à l'exception d'une lampe par terre qui projetait des ombres longues et déformées.

— À quel moment ça va devenir glauque ? lui demandai-je en m'asseyant. Quand est-ce que ça va s'envenimer ?

— De toute façon, ça se termine comme ça à chaque fois.

— Quel genre d'horreurs on va se balancer, à ton avis ?

Assis le dos au mur, on y a réfléchi un moment. La lampe éclairait nos visages tout en dessinant des ombres gigantesques.

— Quelle pute, dit-elle.
— Quel menteur, dis-je.
— Sale petite pleurnicharde.
— Sale con égocentrique.
— Elle sait même pas chanter.
— Et dire qu'il se prend pour un acteur !
— C'est incroyable, dis-je, ce sera exactement comme ça. Un soir, je rentrerai tard et je te dirai "Écoute, il faut que je te parle."
— Que se passe-t-il ?
Elle se prêtait au jeu de la rupture en prenant une voix affectée.
— Je ne sais pas. J'ai bien réfléchi.
— Réfléchi à quoi ?
— À nous… Tu comprends… Je ne supporte pas qu'on se dispute comme ça.
Je souris timidement, ne sachant pas très bien comment enchaîner.
— Eh bien ? dit-elle pour m'encourager à continuer.
— Je crois qu'on a besoin de respirer.
— Respirer quoi ?
— Ne rends pas les choses plus compliquées. C'est fini, tu le sais aussi bien que moi, fis-je en la fixant droit dans les yeux.
— Tu as quelqu'un ? demanda-t-elle le plus sérieusement du monde.

– Je n'ai vraiment pas envie d'en parler.
– Qui est-ce ?
– Tu vois bien ! On n'arrive plus à communiquer.
– Je ne peux pas croire que tu dises des choses pareilles.
– Oh, je t'en prie. N'en fais pas un drame. C'est fini entre nous. On le sait tous les deux.

Les yeux de Sarah se gonflèrent de larmes. Elle éclata en sanglots, la tête enfouie dans les mains. Je restai assis, perplexe.

– Oh mon Dieu, que je suis bête ! dit-elle. C'est pas possible. Je ne peux pas. Je me suis jurée de ne plus jamais recommencer.
– Arrête, c'était pour rire !
– Je suis allée passer une année à Seattle pour me retrouver et faire en sorte que ça ne se reproduise jamais.
– Mais il ne s'est rien passé ! (Je m'interrompis pour tenter de lui dégager la main du visage.) Ne commence pas à t'autopersuader que je vais te faire du mal !
– Mais non, voyons ! fit-elle, énervée.
– Dis-toi bien une chose : si tu pouvais être dans ma tête quand je te vois, que je t'entends ou te touche, ou quand je pense que je vais te voir ou te toucher, tu arrêterais immédiatement de pleu-

rer pour me gifler. Parce que, soit je suis dingue de toi, soit je suis dingue tout court.

— Tu es dingue tout court.

— Ah ouais ? C'est ce que tu penses ?

— Ouais. C'est ce que je pense.

— Ah ouais ? fis-je en me redressant avec une voix de truand sorti d'un film noir.

— Ouais.

— Bon. Si tu ne dis pas tout de suite "je vais me débarrasser de toutes mes inhibitions et tomber éperdument amoureuse", je me jette du lit.

— Je ne vais certainement pas dire ça, dit-elle d'un ton très sérieux.

— *Dis-le*, insistai-je en me dirigeant peu à peu vers le bord du lit.

— NON. Je n'ai pas d'inhibitions.

— DIS-LE.

— Je suis en train d'essayer de te parler.

J'ai poussé un hurlement et j'ai sauté du matelas. J'ai fait un bond en l'air et suis allé atterrir sur le parquet (je tiens à préciser que je me suis bousillé le genou).

— Ça va ? m'a-t-elle demandé en s'agenouillant au-dessus de moi.

Elle me regardait gisant sur le sol.

— Dis-moi que tu es folle d'amour pour moi et je ressusciterai.

— Qu'est-ce que tu entends par "amour" ?
— Ahhhhh... Je me meurs.
— Tu ne meurs pas du tout.
— Dis que tu meurs d'envie de m'embrasser passionnément et je ressusciterai.
— Je meurs d'envie de t'embrasser passionnément.

Après une longue étreinte, elle m'ordonna tendrement : « Allonge-toi. » Les yeux de Gorgone cerclés de peinture, elle se mit à défaire mon ceinturon de ses doigts bleus. Je devinais ses intentions et tant mieux, mais ce n'était plus ce que je désirais.

5

Quelques jours plus tard, Decker improvisa une soirée. À l'origine, ça ne devait pas être une fête, mais c'est toujours pareil avec Decker. Il invite toujours trop de monde. Au départ, lui, Kim (sa copine du moment), Sarah et moi avions prévu d'aller à la fête foraine. Avec Decker, on avait repéré une sorte de parc d'attractions sur la jetée au niveau de la 42ᵉ Rue. On s'était dit qu'un tour en montagnes russes serait une bonne façon de marquer la fin de l'été.

Kim était originaire du Minnesota et avait les seins siliconés. Je savais qu'ils étaient faux parce que j'avais couché avec elle. Elle était déprimante de gentillesse. Je n'ai pas dû la voir plus de deux soirs. Elle avait une de ces voix de bécasse, haut perchée et crispante qui font penser aux voix de dessins animés.

    Elle m'avoua qu'elle n'avait rencontré sa mère qu'une fois, à l'enterrement de son père. Ensuite, elles étaient sorties dîner dans un restaurant de Minneapolis et avaient passé une agréable soirée. Mais depuis ce jour, elle n'en avait plus jamais entendu parler. Deux ans plus tard, son petit frère se donnait la mort en s'immolant par le feu; c'est à ce moment-là qu'elle s'était décidée pour les faux seins, elle avait ensuite déménagé à New York pour faire l'actrice... Pendant qu'elle me racontait son histoire, j'avais envie de la faire taire; je savais que je ne pourrais pas rester poli devant cet indécent étalage d'intimité. Nous n'avions baisé qu'une fois! En plus, pendant l'acte, elle n'avait cessé de me répéter «C'est si bon, mon chou» dans le creux de l'oreille en me donnant des tapes dans le dos.

    Decker l'aimait bien cependant. L'idée de sortir avec une fille qui lui témoignait de l'affection était une expérience nouvelle pour lui. Une fois, je lui ai demandé s'il ne la trouvait pas un peu «limitée». Il m'a répondu qu'il ne considérait personne comme un imbécile. Les opinions que pouvaient se faire les gens lui paraissaient débiles.

L'appartement de Decker était un dépotoir : des relents d'égouts dans les canalisations de la baignoire (il s'était inscrit à un cours de gym uniquement pour pouvoir utiliser les douches), un trou à l'emplacement du conduit d'aération entre la chambre et la cuisine et une batterie de poêles et de casseroles disposées le long de la dernière étagère de la bibliothèque et dans les coins pour prévenir les fuites d'eau.

Heureusement, il avait accès au toit. Et ça, c'était génial.

Il habitait la 39e Rue sur la 8e Avenue. On a pris un taxi. Sarah avait passé une nuit agitée à la pensée de cette soirée.

En chemin, elle a demandé au chauffeur de s'arrêter pour descendre s'acheter du rouge à lèvres au drugstore. En l'attendant, j'essayai de ne pas lorgner sur le compteur. Le taximan était un noir d'une quarantaine d'années, manifestement plus patient que moi.

– Ça marche le business ? lui ai-je demandé en me collant au dossier du siège passager.

– J'ai pas à me plaindre, a-t-il répondu avec un accent qui sonnait français.

– Vous venez d'où ?

– Haïti.

– Ah ouais ? Vous avez de la famille là-bas ?

Il y a des gens qui détestent ça, mais moi, j'adore plaisanter avec les chauffeurs de taxi.

— Oui, ma femme et ma fille.

— Vous avez l'occasion d'y retourner?

— Une fois par an quand j'ai de la chance. Je leur envoie de l'argent tous les mois.

Il avait un accent fantastique.

— Il fait chaud à Haïti, hein?

— *Oui*[3], très chaud. Et vous, d'où venez-vous? fit-il en me regardant dans le rétroviseur.

— Texas.

— Il fait chaud au Texas, non?

— Ouais, vachement.

— Vous avez toujours de la famille dans le coin?

Je ne répondis pas tout de suite.

— Oui, mais je ne leur envoie pas d'argent.

Je me mis à réfléchir pour savoir si je connaissais au moins une personne née à Manhattan.

Quand Sarah sauta dans le taxi, je fis signe au chauffeur de démarrer. Elle colla ses genoux au dossier de devant, remonta sa robe entre ses cuisses pour l'empêcher de glisser, chassa quelques mèches noires de son visage, sortit un miroir et se mit à appliquer le rouge sur ses lèvres. Je pouvais voir ses yeux verts se refléter dans son

---

3. En français dans le texte.

miroir de poche. En levant la tête, je vis les yeux bruns du chauffeur de taxi dans le rétroviseur. Il y avait quelque chose à New York qui me faisait me sentir Texan et quelque chose en Sarah qui me faisait me sentir viril.

Le premier hic chez Decker fut qu'il avait invité une quinzaine de personnes. Le second, que, parmi les quinze, se trouvait Samantha, ma première copine.

Quand on était en classe de première, Samantha s'était fixé pour but de « prendre son rôle de pom-pom girl très au sérieux ». Elle était vraiment belle avec sa longue chevelure blonde, ses sourcils dessinés au crayon, ses ongles peints et sa silhouette de rêve. Elle était assez petite et s'aspergeait de laque, une habitude de son New Jersey natal. Ce qu'elle avait de mieux, c'était une immense paire d'yeux sarcastiques. À présent, elle étudiait à l'Université de Columbia. En fait, elle était étonnamment intelligente.

En prévision de la fête foraine, elle était venue habillée exactement comme l'exigeait une chaude soirée de septembre – c'est-à-dire à moitié nue.

Dehors, sur le toit, elle avait posé ses fesses sur le dossier d'une chaise en plastique. Son cou luisait de sueur. Ses ongles éraflaient délicatement son ventre nu. La ville avait l'air immense derrière elle. Avec les gratte-ciel et les bureaux du centre ville en fond. Au-dessus de la Chase Manhattan Bank, une lumière jaune clignotante indiquait l'heure et la température : 20 h 30, 30°.

Je tenais fermement Sarah par la main pour m'assurer que tout le monde voie bien qu'on était ensemble. De sa main libre, elle essayait d'arranger ses cheveux.

Decker était sur le toit, une bouteille de gin sous le bras. Il ne buvait jamais de bière. Il discutait avec Kim d'un ton badin, mais elle avait l'air crispé et semblait d'humeur venimeuse.

— Je n'ai jamais dit que tu n'étais pas bien, fit-il sur la défensive. Je dis simplement que j'aurais préféré te voir en robe. Tu es bien plus séduisante en robe. Je ne voulais pas te vexer, mais c'est toi qui a posé la question. Eh bien, oui, je te préfère en robe.

— J'avais envie d'être en jean ce soir, dit-elle avec son accent du Sud et sa voix de tête.

— Va pour le jean alors.

Il se tourna vers moi en souriant.

Elle portait un Levi's moulant et un T-shirt blanc sans soutien-gorge. Elle avait toujours le bout des seins dressé.

— Tu veux que je rentre me changer ?

Decker hésita quelques instants.

— Ouais, c'est ça, retourne te changer, répondit-il.

— T'es vraiment un trou du cul. J'y vais ! fit-elle en s'éloignant.

Puis, se tournant vers moi, elle m'apostropha avant de disparaître :

— J'arrive pas à croire que tu sois pote avec lui !

— Moi, dis-je en traversant le toit pour rejoindre Decker, y'a deux choses que je n'arrive pas à croire : primo, que tu lui demandes de faire ça ; secundo, qu'elle le fasse.

J'avais vraiment envie que Sarah aime Decker ; malheureusement, à mon avis, il n'avait pas marqué beaucoup de points.

— On va à la fête foraine ou pas ? demandai-je.

— Ouais, possible, fit-il. Va falloir motiver les autres.

— Pourquoi t'as invité autant de monde ?

— Ce sont eux qui ont voulu venir ! fit-il en grimaçant.

Avec Sarah, on a déambulé. L'un des amis de Decker était nain, très sympathique, mais d'un abord intimidant. Il avait des cheveux d'une longueur ridicule, qui traînaient presque par terre. Il y avait aussi quelques blondes pneumatiques escortées par de gros pneus prétentieux. Avec Sarah, j'avais l'impression de me distinguer. Pourvu que personne ne devine qu'on n'avait pas encore couché! Samuel, le colocataire de Decker était là. Il avait les cheveux violets coiffés en pétard et un tatouage sur le bras représentant un coq sur un gibet. Je ne le croisais pas très souvent. Il était en cure de désintoxication et avait gâché pas mal de coups à Decker en poussant des vagissements incontrôlés.

Sarah était d'une timidité maladive en société. Et ces gens-là étaient particulièrement bizarres. Elle n'ouvrit quasiment pas la bouche de la soirée. Tout le monde était déjà ivre. Je l'enlaçais par la taille pour la présenter aux uns et aux autres.

Je fis tout mon possible pour éviter discrètement Samantha. Mais elle finit par se planter devant nous et attendit que je fasse les présentations :

— Sarah, Samantha. Samantha, Sarah.

Elles se sont serré la main. Aussi mal à l'aise l'une que l'autre. Debout près d'elles, j'avais l'impression d'être de trop.

— T'es sorti avec elle? me demanda Sarah alors qu'on s'éloignait.

— Hum, ouais. Je t'en ai déjà parlé.

— Ah, Samantha! s'exclama-t-elle en se rappelant vraisemblablement les deux avortements. Je ne savais pas qu'elle viendrait.

— Moi non plus.

Sarah avait l'air absent, mais je trouvais ça normal. Moi, c'était pareil. J'avais le sentiment d'avoir mûri. Peut-être avais-je évolué. J'avais quand même envie d'aller à la fête foraine pour m'amuser.

Decker dit qu'il devait attendre le retour de Kim. On a traîné une demi-heure, une heure peut-être, à boire et à se marrer. Je m'amusais bien. Je nous imaginais, Sarah et moi, en Eleonor et Franklin Roosevelt dans une soirée mondaine au temps des années folles.

Sarah sortit donner un coup de téléphone. Quand elle revint sur le toit, elle m'annonça qu'elle partait.

— Comment ? Mais tu vas où ?

— Il se trouve que Dave Afton joue ce soir. Il faut que j'aille voir son concert.

— Qu'est-ce que tu racontes ? On va à la fête foraine.

— Je n'ai plus envie d'y aller.

Il y eut un long silence.

— Mais on était censés aller à la fête foraine ! dis-je.

— Je sais, mais je t'ai dit que je n'aimais pas ça.

Sarah avait replié un bras derrière le dos et, de l'autre, se tenait fermement le poignet.

— Dave va peut-être me demander de chanter avec lui. C'est pour ça que j'ai envie d'y aller.

Je connais Dave Afton pour l'avoir vu jouer quelques fois. Je l'ai surnommé «Dents de lapin». Comme si avoir de stupides cheveux blonds, des yeux bleus et des perles autour du cou ne suffisait pas. Ses grandes dents sont ridicules, et fausses en plus. Il fume des cigarettes anglaises pour frimer et chante des chansons à la gomme adulées par les filles. Je ne connais pas un mec qui le supporte. Cette histoire de faire chanter Sarah sur son album était une arnaque, j'en étais sûr.

— Tu parles de Dents de lapin? fis-je.

— Ouais, dit-elle. Écoute, il s'agit de mon boulot. C'est pour ça que je suis à New York. Tu n'as pas besoin de moi ici.

— D'accord. Je t'accompagne.

— Non. Tu vas à la fête avec tes amis. On se parle demain.

— Très bien. Vas te faire foutre, alors.

Une expression indignée passa sur son visage. Elle attrapa son sac et fila comme une flèche. Elle devait penser que je venais de révéler ma vraie personnalité. Resté sur le toit, je dévisageai les gens. Samantha flirtait avec Samuel. Decker était en train de mimer l'histoire intégrale d'une comédie musicale intitulée *Stop the World, I Want to Get*

Off[4]. Je connaissais son numéro. Tous les autres se marraient.

Après une demi-heure de beuverie, après avoir tourné en rond et m'être passé cent fois la main dans les cheveux, je quittai la fête. En état d'ébriété.

Quand je suis arrivé au bar, elle était assise, seule. Elle fumait et semblait déprimée. Cela me fit plaisir.

— Salut, dis-je en m'asseyant à côté d'elle.
— Bonsoir, lâcha-t-elle dans un murmure.
— Je suis désolé, et toi ?
— Désolé de quoi ?

La seule chose qui me vint à l'esprit fut que j'étais désolé qu'elle soit furieuse contre moi.

— Je n'ai pas aimé la soirée, dis-je.
— Moi non plus.

Pendant un moment, on a regardé Dave chanter.

— Pourquoi n'es-tu pas allé à la fête foraine ? demanda-t-elle.
— Je ne sais pas.
— Ne me dis plus jamais d'aller me faire foutre, dit-elle d'un air de défi.
— D'accord, c'est promis.

---

4. « Arrêtez le monde, je veux descendre ! », de Leslie Bricusse.

– C'était vraiment pas sympa.
– Je sais.
Le silence retomba.
– Tu connais l'histoire du gars qui essaie de dire à une fille à quel point il tient à elle, et qui ne réussit qu'à la regarder avec des yeux de merlan frit et à balbutier des horreurs en se croyant irrésistible ?
Elle m'adressa un demi sourire.
– Ouais. Je crois que oui.
– Hum. Alors, la petite démonstration de ce soir, pas mal hein ?
– Moi aussi, je m'excuse, confessa-t-elle. Tu connais celle du mec qui emmène une fille dans une soirée où elle a l'impression qu'il s'est fait toutes les nanas en présence ? dit-elle en me dévisageant.
Je tentai de sourire. On se tourna à nouveau vers Dave.
– Mince alors ! Il est vraiment FANTASTIQUE, dis-je d'un ton faussement admiratif.
– Tu me casses mon truc !
Je me penchai au-dessus de la table pour l'embrasser. Elle m'arrêta net et continua de regarder la scène.
– Pourquoi ?
– Pas ici. Je n'aime pas embrasser en public.
– Si tu ne veux pas m'embrasser, soit.

— Je ne veux pas t'embrasser ici.
— Eh bien, on n'a qu'à sortir, alors!

Je me suis penché en avant pour lui toucher le bras, essayant désespérément d'être convaincant.

— Je n'ai pas envie de partir.
— Seigneur! Mais qu'est-ce que tu VEUX à la fin, putain de merde?

Elle me fixa de ses yeux diaboliques avant d'écraser calmement sa cigarette.

— C'est maintenant qu'on va s'insulter?

Je me suis figé. Puis, d'un bond, j'ai attrapé une chaise et l'ai fracassée contre le mur. Je voulais juste cogner. Sans plus. Je ne m'attendais pas à ce qu'elle se pète. Les gens se sont retournés, ébahis. Je suis resté avec un morceau de bois au bout du bras. Ma main tremblait. Sarah s'est précipitée dehors.

— Arrête-toi, s'il te plaît! lui ai-je crié en m'élançant à sa poursuite tandis que les phares des voitures balayaient nos visages.

Une décharge d'adrénaline a percuté mon cerveau. Sarah s'est arrêtée. On s'est retrouvés sur un petit bloc de ciment au croisement entre Bowery et Cooper Union.

— Écoute, je ne capte rien à ce qui se passe, fis-je en reprenant mon souffle. Moi non plus je ne m'aime pas. Je ne sais pas ce qui m'arrive. Je n'ai aucune envie de te dire d'aller te faire foutre, mais essaie de comprendre : tout est chamboulé dans ma vie. J'ai tellement besoin de savoir si je te plais. Je sais que c'est nul. Si tu veux que je te laisse tranquille, je le ferai, mais parfois… parfois, on rencontre quelqu'un et on a la certitude que quoi que l'on ait fait avant, tout n'a pas été vain… Si rien n'a dérapé ou mal tourné, c'est parce qu'on devait rencontrer cette personne. Tu es cette personne. Tu veux que je m'en aille ?

– Non.

– Qu'est-ce que je dois faire ?

On était silencieux. Elle a détourné son regard. Ses yeux furetaient dans tous les sens. J'avais l'impression de peser dix tonnes.

– Désolée, je suis désolée, dit-elle en me prenant la main pour me faire traverser. Ne me laisse pas te faire du mal.

Elle s'immobilisa soudain au milieu du carrefour et se retourna.

– Pourquoi m'aimes-tu autant ? demanda-t-elle en me scrutant du regard.

Je restai sans voix.

– Je t'aime. C'est comme ça.

– Et tu veux coucher avec moi ?

Je répondis d'un signe de tête. On aurait dit une question piège.

– Ne te demande plus si je t'aime, d'accord ? C'est comme ça. (Je me détendis.) Je te trouve très belle et j'ai envie de coucher avec toi. C'est indéniable.

Le feu passa au vert et elle se mit à courir. J'étais incapable d'avancer.

– Dépêche-toi ! hurla-t-elle.

Je pouvais voir distinctement l'expression de ses yeux sur le trottoir d'en face. J'étais pris au milieu des klaxons de voitures. Je reçus les gaz d'échappement d'un camion en plein visage. Je n'avais pourtant pas l'intention de provoquer les automobilistes. C'était plutôt comme si je n'avais pas conscience de leur présence.

Finalement, je rejoignis Sarah. Elle me prit la main et la pressa contre sa robe.

– Rentrons, dit-elle.

Nus sur son matelas, on a fait les fous toute la nuit. Au petit matin, l'air de l'appartement s'est teinté d'un bleu profond. Il se peut que l'on se soit assoupis par moments ; c'est difficile à dire. L'atmosphère était viciée et chargée de sel. Nos corps étaient moites. J'ai eu plusieurs occasions de lui faire l'amour. Dès qu'on touchait au but, Sarah se dégageait et me filait entre les doigts. Son lit recelait un profond mystère. Je sentais son corps pur et humide s'enfoncer. Très profondément.

Les draps se détachaient de leurs coins et je sentais la rugosité du matelas sous mon dos. Elle s'est glissée sur moi, faisant rouler ses seins rebondis sur mon torse. Je désirais la pénétrer par tous les pores de sa peau. Elle m'avait chauffé à bloc. À la fin, dans la plus grande discrétion, j'ai éjaculé dans ma main. Je ne voulais pas qu'elle le sache. Une fois endormie, je me suis levé et, en essayant de ne pas perdre l'équilibre, je suis allé me laver les mains dans la salle de bains.

6

Le lendemain matin, je fus réveillé par les préparatifs du petit déjeuner. Sarah s'activait dans le coin cuisine de son studio. Elle faisait cuire des œufs au bacon pour une personne (elle était végétarienne) et griller des toasts pour deux.

Roulant sur le côté du lit, je mis mes lunettes pour la regarder évoluer dans mon caleçon. Sa robe verte traînait par terre à côté de notre matelas toujours vierge. Elle voulait faire preuve d'assurance, mais ses mouvements trahissaient une certaine gaucherie. Un manque de coordination. C'est ce qui me séduisait chez elle.

– Comment ça va, mon rayon de soleil du matin ? dit-elle en apportant nos assiettes. Je ne suis pas furax, et toi ?

— Non.
— Bien, parce que j'ai quelque chose à te montrer, mais tu restes calme.
— Je ne le suis pas.
— Mais tu ne vas pas commencer à t'énerver non plus.
— D'accord.
— Promis ?
— Pourquoi cette impression subite que je vais être furax ?

Elle me tendit des polycopiés en accompagnement de mes œufs au bacon.

— Je pense que tu devrais lire ça.
— Qu'est-ce que c'est ? demandai-je en prenant les feuilles tout en posant mon assiette sur le matelas.
— Lis.

« Le Viol et l'homme du XXe siècle », quatre pages photocopiées en tout petits caractères sur le nombre de viols commis par seconde dans le monde.

— Ça veut dire quoi ?
— Rien. Je pensais que ça t'intéresserait.
— Et en quoi cela m'intéresserait-il ?
— Parce que c'est important.
— Mais pourquoi est-ce important maintenant, ce matin, ici ?

— Ne t'énerve pas, dit-elle en s'agenouillant près de moi.
— Je t'ai agressée hier soir ou quoi ?
— Tu as fracassé une chaise.

Je restai silencieux, les yeux fixés sur le pamphlet.

— Je l'ai fait par amour. Ça te va ?

Elle fit signe que non.

— Je lirai ça plus tard.

Je reposai les feuilles à côté du lit et pris mes œufs au bacon. Elle se leva jusqu'à la fenêtre pour manger son toast, très désinvolte.

— Decker, dit-elle, c'est ton meilleur ami ?
— Euh… Ouais.
— Et cette Kim ? Ce sont ses seins ?
— Je ne crois pas.

J'ignorais à quoi tout cela pouvait nous mener.

— Tu sais quelle impression ça fait d'être en robe ? demanda-t-elle.
— Non.
— On se sent très vulnérable.
— Tu n'as qu'à mettre un pantalon.
— Je me sens moche en pantalon. J'ai de grosses cuisses et de trop gros seins.
— Ils ne sont pas trop gros. Ils sont plantureux, fis-je en enfilant mon jean.

Je me relevai et allai la rejoindre à la fenêtre.

— Et tu as des cuisses super sexy, ajoutai-je en posant mes mains dessus.

Ses cuisses blanches étaient couvertes de milliers de tout petits points roses.

— Tu as déjà essayé une robe ? demanda-t-elle.
— Non.
— Ça te dirait ?
— Non.
— Pourquoi ?
— Mais oui, ça me dirait !
— Mets la mienne.
— Allez, ça va Sarah.
— Pourquoi ? Si ça se trouve, tu me plairas plus en robe !
— Tu veux que je mette ta robe ?

La question posée, je m'éloignai d'elle en essayant de comprendre comment j'avais pu laisser les choses m'échapper à ce point.

— Oui, fit-elle, jubilant de me voir mal à l'aise.
— D'accord.

Torse nu, en jean, j'essayai sa robe verte. Sarah éprouvait un plaisir pervers à me regarder l'enfiler par la tête et la faire glisser le long de mon corps.

— Maintenant, ôte ton jean, dit-elle juchée sur le rebord de sa fenêtre.

J'étais terriblement nerveux. J'ai enlevé mon jean. Comme Sarah portait mon caleçon, j'étais nu sous sa robe. La brise légère de septembre cillait dans les fleurs à sa fenêtre et entre mes jambes. J'étais devant elle à la regarder, en arborant un large sourire, mais toujours aussi mal à l'aise. J'avais les genoux qui tremblotaient, mais je ressentais une étrange excitation, comme un dangereux individu prend des risques avec la ferme conscience d'être un homme. «Ce n'est certainement pas une robe qui va mettre en doute ma virilité», me disais-je fièrement.

— Maintenant, rouge à lèvres, dit-elle.
— NON, répondis-je aussi sec.
— Pourquoi?
Je réfléchis un instant avant de répondre :
— Parce que j'aurais l'impression d'être une fille.
— Quel mal y a-t-il à exprimer sa féminité?
— Aucun.
— Alors, mets du rouge à lèvres.
— Je n'ai rien de féminin.
— Oh? Même pas un tout petit peu?
Elle y prenait un malin plaisir.
Je me rapprochai de la fille au caleçon, mu par un désir étrange de m'emparer d'elle, de rompre les digues du tissu et de la prendre comme un Écossais (j'ai du sang écossais).
— Non, pas même un petit instant, fis-je en glissant ma main entre ses cuisses.

Elle enfouit sa tête entre ses épaules et émit un gloussement nerveux. Je me mis à l'embrasser comme je pensais qu'un homme devait le faire (même vêtu d'une robe), c'est-à-dire en la culbutant sur le lit. Elle me caressa la poitrine ; cela me fut désagréable. Je glissai vers le bas pour lui embrasser le ventre. Une main sur mon caleçon pour la sentir, la sienne me touchant à travers sa robe.

— Oh merde ! Quelle heure est-il ? demanda-t-elle en me repoussant et en se contorsionnant pour regarder l'heure.

— Je ne sais pas, fis-je en continuant de la tripoter.

— Oh non ! 11 h 40 ! Il faut que je parte travailler.

Elle a sauté du lit et s'est précipitée dans la salle de bains. Elle s'est changée à toute vitesse et est ressortie avec deux barrettes rouges dans les cheveux.

— Oh, William, j'ai oublié... me lança-t-elle depuis le palier. Tu veux bien m'accompagner chez ma mère ce week-end ?

— Bien sûr, répondis-je d'une voix faible.

Je venais de signer mon arrêt de mort. J'en étais sûr. Je me suis relevé pour la regarder partir. Je me suis retrouvé seul dans sa chambre. Avec pour compagnie une assiette d'œufs au bacon froids, une robe verte et une érection. Et encore, j'avais échappé *in extremis* à la séance de maquillage.

7

J'avais besoin de parler à quelqu'un. Decker me retrouva au parc de Tompkins Square. Il était pâle et avait la gueule de bois. On s'est payé un grand verre de Gatorade chacun. On s'est assis contre un grillage pour regarder une bande de joueurs de basket et cru un instant qu'ils allaient se battre. Un crétin d'étudiant, style association sportive, a piqué une crise. Il s'attaquait à un gars beaucoup plus petit, de type hispanique.

– Tu peux compter sur ces crétins pour foutre la merde, me dit Decker. Ce n'est qu'une des raisons majeures pour lesquelles tout le monde devrait abandonner la fac.

À l'autre bout du terrain, il y avait des joueurs de base-ball. Chaque fois que l'un d'eux donnait un coup de batte, les joueurs de basket se dispersaient en hurlant «Planquez-vous!» Puis, ils leur renvoyaient la balle et reprenaient leur partie. De temps en temps, une balle de basket perdue atterrissait sur le terrain de base-ball et on semblait ravi de leur retourner la monnaie de leur pièce.

J'ai mis un moment à me décider à dire à Decker que Sarah et moi n'avions pas vraiment couché ensemble. Il avait terminé chaudement la nuit avec Kim à bord du ferry de Staten Island. Quant aux autres, ils n'étaient jamais arrivés à la fête foraine.

– Bien fait pour toi, dit-il après avoir écouté ma saga. De toute manière, tu te tapes trop de nanas. C'est pour ça que t'es dingue de Sarah.

– J'ai vraiment cru qu'on allait finir par le faire ce matin, tu sais? D'un autre côté, c'est vrai, ce serait assez malsain si, à chaque fois que je voulais la baiser, je devais enfiler une robe.

– Qu'est-ce qu'elle cherche? demanda-t-il sans quitter des yeux le match de basket.

– J'en sais rien.

– Eh bien, fais-lui confiance. Elle a probablement raison. Entre nous, t'es pas le plus facile des mecs.

– Qu'est-ce que t'entends par là?

– T'es plutôt coureur. Tu ne donnes pas l'impression d'être sérieux.

— J'ai horreur qu'on me dise ça! Quand tout le monde prétend connaître la vérité sur quelqu'un, on finit par y croire.

— Est-ce qu'elle est bonne au moins? Elle te branle? Elle te suce? Elle te fait des trucs?

Je le regardai, ébahi, ne sachant pas si ce qu'il venait de dire m'emmerdait ou pas. J'étais mal assis sur la dalle.

— J'en ai marre des fellations, dis-je en tournant la tête vers les joueurs.

— Un jour, je te ressortirai ce que tu viens de dire et tu auras la honte de ta vie, fit-il d'une voix solennelle.

— Il faut que j'arrête de la voir, suggérai-je, surtout pour me l'entendre dire et juger de l'effet que ça me ferait.

— Pourquoi? demanda-t-il.

Il en avait marre. Il avait encore pâli.

— Parce que... ça me fout drôlement la trouille.

— C'est le problème avec les filles bien. De vraies emmerdeuses!

Il ne saisissait pas bien l'urgence de la situation.

— Il y a une différence entre une fille bien et une fille qui ne m'aime pas.

— Laisse-moi te dire une chose. Il y a une différence entre une fille bien et une fille qui n'aime pas faire les fellations.

Je n'ai pas réagi à sa remarque. On est restés un moment sans parler.

— Parfois, je me dis que si j'arrivais à me faire aimer d'elle, ça voudrait dire que tout ce qui me déplaît chez moi aurait disparu.

Decker me toisa du regard.

— Elle veut que je l'accompagne chez sa mère. Tu penses que je devrais y aller ?

— Évidemment.

— Comment ça ?

— T'es raide dingue de cette fille ! T'as pas le choix !

8

Pendant le trajet qui nous conduisait chez sa mère, Sarah opéra une lente et sinistre métamorphose. À la gare routière, indifférente à l'agitation ambiante, elle avisa la vitre d'une machine à cigarettes et s'en servit de miroir pour se maquiller. Rouge à lèvres vif, dégradé d'ombres à paupières, soupçon de fard à joues. Il y avait quelque chose de comique dans son maquillage. Une impression bancale. Sur la route, elle se changea dans les toilettes de l'autocar, troquant sa robe brune contre une longue jupe noire et un chemisier sexy en soie verte.

Elle se mit aussi à m'inspecter. Je me trouvais chicos. J'avais mon T-shirt préféré (bleu marine très classe) et portais un de ces pantalons de coton kaki de première qualité. Je m'étais lavé les cheveux, j'avais mis mes verres de contact et chaussé ma vieille paire de Justin (mes bottes de cow-boy préférées).

À la gare de Manchester, notre destination finale, pendant que nous attendions sa mère, Sarah enfila une paire de boucle d'oreilles et un serre-tête. Elle essayait sa nouvelle personnalité. Elle se mit à exprimer haut et fort tout ce qui lui passait par la tête. Elle me dit qu'elle adorait les gares, que cela la rendait romantique. Elle affirma encore que les odeurs d'urine et de cigarettes ne la dérangeaient absolument pas.

Madame Wingfield était âgée de soixante-sept ans. Le cou et la tête loin des épaules, ses gestes rapides et saccadés lui donnaient l'allure d'un oiseau qui agonise à chacun de ses déplacements.

Elle nous servit du thon en casserole accompagné de macaronis, des cubes de jambon frits piqués de cure-dents et des verres de limonade Crystal Light. Elle-même s'envoya une grande rasade de vin blanc italien. Son visage ressemblait trait pour trait à celui de Sarah, en plus maigre et plus creusé.

Je n'avais jamais rencontré la mère d'une amie de manière aussi officielle. Ma mère m'a raconté un jour que mon père s'était fait bien voir de ma grand-mère en se servant copieusement de mets préparés par ses soins. Il s'était enfilé des quantités industrielles de poulet frit et de haricots noirs. C'est comme ça qu'il a obtenu la main de ma mère. Non pas que je briguais à tout prix le mariage, mais j'avais vraiment envie de faire honneur à ce thon en casserole.

Avant de commencer à dîner, on s'est assis à table en se tenant les mains. Sarah et sa mère ont incliné la tête vers l'avant et ont entamé une prière. Elles l'ont récitée les yeux clos. Je faisais attention à ne pas serrer trop fort la main de Mme Wingfield, de peur de la broyer. Je n'avais pas envie non plus de passer pour une poule mouillée. J'étais impatient d'entendre le *Amen*. Ça sentait le vieux. Il y avait du désodorisant partout. Le papier peint était en piteux état. Je remarquai la peinture écaillée autour d'un plafonnier et me demandai comment Mme Wingfield s'y prenait pour changer les ampoules.

À la fin de la prière, chacune a exercé une légère pression sur ma main. Elles ont ensuite pris leur serviette et l'ont posée sur leurs genoux avec une infinie précaution. J'en ai eu la chair de poule. Sarah m'a adressé une grimace furtive.

Une fois tout le monde servi, on n'a plus dit plus un mot. Je n'entendais que le bruit de ma mastication.

— La nourriture est vraiment excellente, dis-je.
— Oui maman, merci beaucoup, fit Sarah.

Sa mère acquiesça. Quelques instants plus tard, elle la questionna.

— Comment ça se passe à New York ?
— Tout se passe bien, maman.

Sarah ne touchait à rien. Je me demandai si sa mère savait qu'elle était végétarienne.

— Sarah a de grands projets, me dit calmement Mme Wingfield. Elle vous en a parlé ? Elle veut devenir chanteuse.

— Je l'ai vue sur scène.
— Elle chante bien, n'est-ce pas ?
— Oui, très bien.

J'essayai d'engloutir autant de thon que possible sans avoir l'air trop zélé et sans faire trop de saletés.

— Elle veut se distinguer des autres, dit-elle en levant son verre de blanc.

— Maman, fit Sarah d'un ton faussement aimable.

Sa mère lui adressa un sourire avant de poursuivre :

— Vous a-t-elle dit que j'avais travaillé toute ma vie comme secrétaire dans une agence immobilière afin de pouvoir lui payer de bonnes études ?

Je fis signe que non.

— Je ne travaille plus à présent. Je suis retraitée.
Elle but une lampée de vin.
— Vous a-t-elle dit qu'au lycée j'étais sortie major de ma promotion et que c'est moi qui avais eu l'honneur de prononcer le discours d'adieu ?
Je fis signe que non.
— Maman, ça suffit comme ça.
— Eh bien, c'est la vérité. Mais je ne suis pas allée à l'université. Le père de Sarah n'a pas jugé utile que nous fassions des études. Pourtant, elle l'adore. Je pense qu'elle vous a tout raconté à son sujet ?
— À vrai dire, on n'a pas tellement évoqué ce genre de choses.
Je jetai un œil sur Sarah, espérant qu'elle me ferait des signes pour m'empêcher de gaffer. Elle se contenta de baisser les yeux et de replier sa serviette.
— Elle n'est pas très loquace, n'est-ce pas ? fit Mme Wingfield en regardant sa fille.
Elle prit une autre gorgée de vin. Une longue pause s'ensuivit.
— Allez Sarah, ne fais pas la tête. Je ne te veux pas de mal. Je ne fais qu'informer ton ami à notre sujet. (Se tournant vers moi :) Réussir à faire faire des études à sa fille en l'élevant seule, il y a de quoi être fière, vous ne trouvez pas ?

— Ouais, c'est épatant, fis-je avec un peu trop d'entrain.

J'essayai de me concentrer sur le thon.

— De quelle université venez-vous, William ?

Je m'interrompis, avalai ma bouchée et lui répondis, m'efforçant de prendre un air dégagé :

— Je ne suis pas allé à l'université, madame.

Elle m'étudia de la tête aux pieds en agitant son verre comme s'il s'agissait d'un whisky *on the rocks*. Je me dis qu'aussi longtemps que je garderais la tête dans mon assiette, j'éviterais les ennuis.

— Sarah est timide parce que ses jambes lui donnent des complexes, annonça Mme Wingfield.

Sarah se pétrifia sur place.

— Avant, je priais chaque jour que Dieu fait pour qu'elle garde ses jambes grassouillettes. Les femmes qui ont de belles jambes s'accordent le droit d'être inintéressantes. Je crois que c'est une vérité. Regardez, moi j'avais de belles jambes, ajouta-t-elle en passant sa main noueuse le long de l'une des siennes avant de la croiser sur l'autre en réajustant sa robe. Cela ne m'a apporté que des ennuis, fit-elle en reprenant sa fourchette. Vous êtes un peu trop séduisant pour un mari. Il faut se méfier des hommes beaux parce qu'ils boivent.

— William apprécie beaucoup ta compagnie, maman. Tu es on ne peut plus agréable, intervint Sarah calmement.

— Ma fille ne m'aime pas. Je veux bien admettre que je suis parfois désagréable, mais c'est uniquement parce que je ne la vois pas aussi souvent que je le voudrais. Elle me manque. C'est une belle fille, fit Mme Wingfield en allongeant les bras pour soulever quelques mèches de la chevelure de Sarah. On ne peut pas faire confiance à l'amour. L'amitié, la vraie, c'est la seule chose digne de confiance. Vous verrez.

Les deux mains de Sarah avaient disparu sous les manches de son chemisier. Elle leva les yeux vers moi et m'adressa un sourire d'excuse.

— Je te prie d'excuser ma mère, elle lit trop de *Reader's Digest* et a une fâcheuse tendance à prêcher.

— Soit, mais vois-tu, j'ai toujours cru qu'il fallait "se rendre utile", rétorqua-t-elle en se levant pour se servir une nouvelle rasade de vin. Je me demande sans cesse "De quelle façon puis-je me rendre plus utile?" C'est ce que nous enseigne la parole de Dieu. Sarah n'y pense jamais. Elle veut se distinguer.

— Je ne veux pas me distinguer, maman. On peut très bien se rendre utile en chantant. Le monde a besoin de chanteurs, n'est-ce pas?

— Mais ta mère n'en a nul besoin, dit-elle en adoptant un ton faussement enjoué. Ta mère n'a absolument pas besoin de chanteurs ! Et puis, je crois que New York ne t'attend pas !

— Maman, tu es ivre.

Mme Wingfield regarda fixement sa fille.

— Oui, et alors ? J'ai beaucoup de défauts, mais souffrir d'être privée de ma fille n'en est certainement pas un !

Elle se pencha à nouveau pour arranger le col de Sarah.

— Moi, je n'aurai pas honte de me présenter à Dieu. En revanche, je me fais plutôt du souci à ton sujet.

— On verra, maman, on verra, murmura Sarah.

— Et vous, M. William… William comment ? m'interrogea-t-elle.

Elle possédait ces yeux froids, vides et gris des aveugles. Je me rendis compte que j'ignorais tout des vieux.

— Harding, répondis-je.

— Eh bien, M. Harding, vous sentirez-vous capable de vous présenter à Dieu ?

Elle sourit d'un sourire alcoolisé et pontifiant.

— Oh, maman ! protesta Sarah en posant sa serviette sur la table.

Je regardai sa mère droit dans les yeux en songeant à ce qu'elle venait de me dire.

– Pour ne rien vous cacher, Mme Wingfield, j'ai la certitude d'avoir rencontré Dieu le jour où j'ai fait la connaissance de votre fille.

Plus personne n'osa prolonger la conversation.

Après dîner, Sarah me demanda d'aller l'attendre sur le perron pendant qu'elles débarrassaient la table.

La maison ressemblait à un ranch, le genre de maison de plain-pied dont le quartier comptait des centaines. Toutes identiques. Il faisait noir, mais je sentais la présence touffue des arbres alentour. Aucune voiture garée dans la rue. L'air était lourd et humide. J'apercevais des insectes luminescents dans les bosquets. Des centaines de papillons de nuit fonçaient par vagues sur la lampe de la véranda. On aurait dit des spermatozoïdes. La maison était bleue, du moins elle l'avait été. Je demeurai un moment dehors à me demander si je pouvais fumer. J'étais presque certain que les choses ne se passaient pas bien à l'intérieur. J'ai guigné par la porte pour en avoir le cœur net et ai surpris leur conversation à travers le tintement des assiettes et des plats.

— Tout ce qui m'importe, c'est que tu ne souffres pas, disait sa mère à Sarah.

— T'inquiète, fit Sarah.

Elles s'interrompirent un moment.

— Il ressemble à David.

— Pas du tout.

— Il a la même odeur que David, dit sa mère.

— Il n'a pas du tout la même odeur, protesta Sarah.

— En tous cas, il a une odeur qui ne me plaît pas.

J'étais médusé. J'ai reniflé mes aisselles. Elles sentaient les aisselles. J'ai baissé les yeux sur mon pantalon, il m'a paru beaucoup plus froissé que je ne l'aurais cru.

J'ai refermé la porte et suis retourné dehors.

Quand Sarah est apparue, j'étais à l'autre bout de la véranda, loin de la lampe et des insectes. Elle a posé un pied sur les planches avec précaution, refermé la porte et jeté un œil par la fenêtre. Elle s'est alors mise à courir vers moi en faisant des bonds d'écolière et a commencé à flirter, en riant et en me couvrant de gros baisers mouillés. Je l'arrêtai.

— Tu lui as fait fermer son clapet, s'esclaffa-t-elle. Je suis désolée pour son prêchi-prêcha. Elle est toujours comme ça quand elle boit.

Sarah m'enserra la taille et se hissa sur la pointe de mes bottes.

— Ce n'est pas exactement le genre de soirée à laquelle je m'attendais.

— Je sais, je sais, je sais, mais tu te débrouilles très bien, dit-elle.

Elle m'adressa un sourire, large et plein de l'espoir que ne serais pas trop contrarié.

— Vraiment ?

— Absolument, dit-elle en me pinçant une oreille, taquine. Viens, on va se peloter, ajouta-t-elle à voix basse.

— Attends un peu, dis-je en la soulevant de mes bottes. J'ai une question à te poser.

— Oui, bien sûr, fit-elle avec une expression imperceptiblement craintive.

— C'est qui, ce David ?

Elle se figea.

— Tu nous as entendues ? murmura-t-elle.

— Ouais.

— C'est personne. Ne prononces pas son nom, d'accord ?

— C'est ton ex ?

— Oui, mais n'en parlons pas maintenant. Tu ne veux pas plutôt qu'on s'amuse ?

Sarah m'agrippa légèrement pour descendre de la véranda.

— Écoute, apprendre par ta mère qu'on pue comme un certain nommé David, il y a de quoi… Enfin tu vois ce que je veux dire !
— Oh Seigneur !
Sarah inspira profondément. Attrapant ses poignets, elle se mit à les serrer, trahissant sa nervosité.
— N'y pense plus, d'accord ? Chasse ça de ton esprit.
— Un jour Sarah, il va bien falloir que tu te décides à me parler.
Elle resta muette.
— Qu'as-tu voulu dire par "rencontrer Dieu" le jour où tu m'as rencontrée ? demanda-t-elle.
— Je n'en sais rien, soupirai-je en me penchant sur la rambarde de la véranda.
Je regardai la brume sur la pelouse. L'air était chargé. Tout paraissait granuleux comme sur une vieille photographie.
— Je peux m'allumer une cigarette ?
— Bien sûr.
Elle avait envie que je me sente bien.
— Ne sois pas fâché, d'accord ? dit-elle en tirant sur mon T-shirt. Viens t'asseoir, proposa-t-elle en m'incitant à la rejoindre sur le bord de la rambarde et à balancer les jambes entre les barreaux.
— Je suis sortie trois ans avec David à la fac, commença-t-elle.

Je pris sur moi en essayant de cacher mon aversion pour ce David.

— On habitait ensemble. Au bout d'un moment, il a décrété qu'il n'arrivait pas à s'endormir à mes côtés. Alors, j'ai émigré sur le canapé du salon. Une nuit, j'ai entendu du bruit. Je suis allée dans notre chambre. Il avait fait monter une fille par les escaliers de secours et était en train de la sauter dans notre lit. (Elle s'interrompit.) Le pire, c'est que je l'ai même pas plaqué.

Elle déballa tout en regardant droit devant elle, les mains sur les genoux. Ses jambes se balançaient doucement au-dessus du vide.

— La seule chose que j'ai trouvée à faire a été de déménager à Seattle. Tu vois, je ne suis pas forte, dit-elle en me regardant. Je n'arrête pas d'essayer de te faire comprendre que je suis ce qu'on appelle une conne.

Le Connecticut était plongé dans le silence.

— Tu ne trouves pas ça bizarre ? poursuivit-elle. Tant que tu es enfant, les gens t'encouragent à réaliser tes rêves. Puis, quand tu grandis, tu as l'impression de les contrarier rien qu'en osant essayer.

J'avais envie de lui dire de suivre n'importe quel rêve qui l'animait, mais je savais que je passerais pour un blaireau.

– Tu devrais venir en France avec moi.

– Comment ça ?

Je n'y avais pas vraiment réfléchi, mais, à cet instant, cela me paraissait d'une logique infaillible.

– Viens en France.

– Je n'ai pas les moyens. Toi non plus, dit-elle en me regardant de travers.

– J'ai un billet de première classe. Je suis sûr de pouvoir le changer pour deux billets en classe économique.

– Je n'ai jamais pris l'avion, fit-elle avec un soupçon d'effroi dans la voix.

– Alors, viens.

– Je crois que j'aurais peur.

– Mais non.

– Je ne peux pas. Tu y vas pour travailler.

Elle prenait mon travail plus au sérieux que moi-même.

– Allez ! insistai-je.

– Non, fit-elle avec détermination, mettant un point final à la discussion.

Elle se releva et traversa calmement la véranda.

– Viens par là, viens…

Elle respirait en susurrant de sa voix la plus sensuelle.

– … j'ai pas envie de parler.

J'ai balancé ma cigarette dans l'herbe et lui ai couru après. Mes bottes claquaient sourdement sur les planches.

– Chuuut! fit-elle en s'approchant de moi.

Elle me prit les deux mains et me conduisit sans bruit dans le jardin. On se planqua à l'abri d'un pin gigantesque qui lui avait servi de fort quand elle était petite. Elle s'allongea sur un tapis d'aiguilles et me fit signe de la rejoindre. Je me mis à genoux au-dessus d'elle et défis les boutons de son chemisier. Puis, le plus doucement du monde, je fis glisser ses bretelles de soutien-gorge le long de ses bras, révélant ses blanches épaules. Ses seins étaient si pâles qu'ils luisaient dans la nuit. À son habitude, elle pressa ses bras contre ses flancs pour les relever. Elle désirait que je l'embrasse. On aurait dit un oiseau. Chaud et en sécurité dans son nid douillet. Des aiguilles de pin s'étaient accrochées à ses cheveux.

– T'as un préservatif? demanda-t-elle.

– Non.

– Alors c'est impossible.

– Oh, Seigneur! fis-je en gémissant.

– Chut, murmura-t-elle. Tu ne veux pas que je tombe enceinte?

– Si.

– Ne dis pas ça.

— Bon, d'accord.

Je lui embrassai le cou. Elle leva les yeux sur notre plafond de branches. Je sentais les battements de son cœur sous sa peau. Je crois même que je les entendais. L'espace d'un instant, j'ai ressenti un apaisement jamais éprouvé auparavant. Mon corps ne subissait aucune tension nerveuse. J'ai pensé que si je la pénétrais, je pourrais mourir. Je restai étendu, les sens en éveil. Un long moment à sentir son corps, persuadé qu'elle était endormie.

— J'aimerais être vieille, fit-elle en brisant le silence d'une voix mélancolique. Je n'aurais pas besoin de m'inquiéter de mon avenir.

— Quand tu seras vieille, ton avenir sera encore plus incertain qu'il ne l'est aujourd'hui.

De retour à la maison, en ouvrant la porte, on trouva sa mère encore éveillée. Assise les jambes croisées, la lumière allumée, elle n'avait rien trouvé de mieux à faire que de nous attendre. Mme Wingfield avait préparé mon lit en recouvrant le canapé d'une paire de draps.

Elle m'indiqua la salle de bains pour que je me « nettoie ». Je n'avais rien pris, pas même une brosse à dents. J'ai donc fait comme si, avec beaucoup de bruit. J'entendais Sarah et sa mère glousser dans la pièce voisine. À un moment, Sarah fit irruption en refermant la porte.

– Je t'accompagne à Paris si tu es toujours d'accord, mais à une condition : que l'on parte une semaine plus tôt et que je rentre avant le début du tournage.

Elle avait enfilé un vieux pyjama et s'adressait à moi de manière très formelle.

– C'est d'accord ? demanda-t-elle.
– D'accord.
– Eh bien alors, bonne nuit.

Elle fit un pas et m'embrassa sur la joue. Ses lèvres étaient tendres, humides et douces. Elle m'adressa un sourire chaleureux et sortit. Tandis qu'elle tournait les talons, j'aperçus quelques aiguilles de pin toujours accrochées à ses cheveux.

9

Voici l'histoire telle qu'elle m'a été rapportée :
Ma mère et Danielle, inséparables depuis l'école primaire, étaient assises sur les bancs en plastique blanc devant le Dairy Queen. Elles avaient seize ans. Danielle avait les cheveux noirs et soyeux tandis que ma mère était blond cendré. Selon elle, c'était Danielle la plus jolie. Danielle avait de la poitrine. Elles étaient en train de mater les voitures qui filaient sur l'autoroute de Jacksboro tout en se désolant du « trou perdu » qu'était Fort Worth, leur ville natale. Leur occupation favorite après l'école était de s'entraîner à perdre leur accent texan dans le garage de Danielle.
Un jour d'automne pendant leur première année de lycée, John Jaegerman se pointa en Ply-

mouth. John était le petit ami occasionnel de Danielle.

– Hé, qu'est-ce vous foutez ? cria John depuis le siège passager.

Sa question resta sans réponse.

– Écoute, Jesse, dit-il à ma mère, si tu suggérais à Danielle de tomber dingue de moi ? Allez, montez on va faire une virée à Dallas. C'est Vince qui conduit. On ira peut-être prendre un verre...

– On a école demain, 'spèce d'idiot, hurla ma mère pour couvrir le bruit du moteur.

Elle était incapable de parler sans accent.

Il n'y avait pas que Danielle qui était en rogne contre John Jaegerman.

John avait les cheveux noirs coupés en brosse. Il portait toujours une paire de jean et une veste Denim. Il était en classe de biologie avec ma mère. La semaine précédente, ils avaient eu un contrôle. À peine la prof avait-elle quitté la salle que John Jaegerman en avait profité pour se lever et prendre les corrections sur son bureau. Puis, il avait soufflé toutes les réponses à haute voix. Or, John et ma mère avaient été les deux seuls à ne pas obtenir 20/20 ; ma mère, parce qu'elle était tellement écœurée qu'elle s'était défendue d'écouter, et John, parce qu'une fois revenu à sa place, il avait tout pompé sur elle.

— Allez, Jesse ! On sera largement de retour à temps. Bien avant que quelqu'un s'aperçoive de queq'chose.

Il sortit de la Plymouth et fit signe au conducteur de le suivre. Son pote était grand et maigre. Il éprouva quelques difficultés à extraire ses longues jambes de derrière le volant. Il portait un T-shirt blanc sur un torse osseux. Il avait les cheveux hirsutes. Ma mère trouva que c'était le garçon le plus séduisant qu'elle ait jamais vu.

— Vous connaissez Vince ? demanda John Jaegerman.

Les filles restèrent muettes.

— Ben, c'est Vince Harding. (Puis, se tournant vers lui :) Vince, voici Jesse, et l'autre, c'est Dan. Dan me fait la gueule. Pas vrai, Dan ?

— Je ne te fais pas la gueule, John Jaegerman. J'en ai juste marre de ta gueule, répondit Danielle.

— Jesse, tu veux bien dire à Dan qu'elle est et restera l'unique amour de ma vie ? fit John avec une grimace en s'asseyant à côté de ma mère.

— Jesse, reprit Danielle, veux-tu dire à John qu'il se rappelle ce qu'il vient de dire la prochaine fois qu'il décide de voler une bagnole ?

Quelques semaines plus tôt, John s'était fait prendre avec un break volé. Par miracle, il avait réussi à convaincre les propriétaires de ne pas porter plainte.

– Et vous, M. Vince ? Vous avez perdu votre langue ? demanda ma mère.

Jusque-là, Vince s'était contenté d'écouter, les mains dans les poches. Au printemps, il avait passé ses examens et glandait en attendant d'entrer à l'Université de Houston. Ma mère l'avait croisé au lycée l'année précédente, mais ne lui avait jamais adressé la parole. Il avait l'habitude de traîner avec les élèves les plus délurés.

– J'ai une bonne blague, dit-il en regardant par terre tout en creusant le sol avec le talon de sa botte.

– Raconte, fit Danielle.

Ma mère n'avait même pas besoin de l'entendre. Elle était déjà conquise. Aveuglément amoureuse. Elle n'écouta que le son de sa voix en pensant au merveilleux père qu'il ferait.

Personne ne rit de sa blague, mais quand il eut fini de la raconter, ma mère s'exclama.

– Allez viens, Dan, on va à Dallas !

Le même soir, Vince la raccompagna chez elle et l'embrassa sous le porche. Leur haleine empestait la bière. Huit mois plus tard, je fus conçus à l'arrière de la Plymouth.

Cette histoire me fit beaucoup réfléchir. Je me demandais si les rapports sexuels étaient plus faciles au Texas qu'à New York. Je me demandais comment mon père s'y était pris avec ma mère. Je me demandais comment les hommes s'y prenaient en général pour plaire à une femme.

10

C'est à Paris que tout s'est dégradé.
Le temps de trouver un hôtel, il faisait déjà nuit. L'hôtel de Nesle. Notre chambre était au sixième, perchée au sommet d'un escalier en colimaçon. Lavabo, petite table avec lampe, chaise et lit à une place. Si nous n'avions pas été aussi distants, ça nous aurait certainement plu. Trois étages nous séparaient de la salle de bains. Sur un des murs, sous la caricature d'un gros bonhomme à dos de chameau entouré d'éclairs, on pouvait lire « Saint Paul sur le chemin de Damas ». En face, une large fenêtre donnait sur la rue. Sarah s'assit en tailleur sur le lit sans quitter ses chaussures comme si le sol lui faisait peur.
Ce devait être notre dernière semaine ensemble.

Sarah me regardait m'agiter dans la chambre. Je changeai de T-shirt. Elle attendait quelque chose. Une grosse mouche faisait du raffut. Elle volait bruyamment et frôlait l'ampoule par le trou de l'abat-jour. Je la chassai d'un coup de chemise.

— Ne la tues pas, fit Sarah d'une voix à peine perceptible.

On a regardé la mouche s'exciter. Je me suis rendu compte que je n'avais jamais voyagé seul avec une femme. J'avais la nette impression que nous jouions, de façon étrange, au couple qui emménage.

— Tu n'as pas l'impression, parfois, que la vie des autres est plus palpable que ta propre vie? demanda-t-elle en continuant de regarder la mouche.

— Que veux-tu dire?

— Parfois, ma vie m'échappe, dit-elle d'un air déprimé.

J'évitai de la regarder. Je n'avais aucune envie d'entamer une conversation.

— On est juste fatigués, dis-je.

Je me pris la tête entre les mains et ôtai mes lunettes pour me frotter les yeux.

— Je vais me rincer le visage, dis-je en me dirigeant vers la porte.

— Je pense qu'on devrait avoir des rapports ce soir, dit-elle.

— Ah bon ? fis-je en me retournant. Tu viens de décider ça ?

— Oui, mais j'aimerais d'abord te poser des questions.

— Ah… D'accord. Alors, en joue !

Je ne maîtrisais pas très bien la situation. Je restai planté là, à la regarder, ses jambes croisées sur le lit. Elle glissa une main dans sa chaussure pour se masser le pied. De toute évidence, elle avait fomenté un plan.

— As-tu une maladie ? demanda-t-elle en rentrant les épaules et en levant les yeux vers moi avec un petit sourire.

— Non. Aucune.

— Bien. Es-tu baptisé ?

— Non.

— Non ? répéta-t-elle, choquée.

— Non. J'ai raté l'examen ?

J'étais vraiment fatigué. J'avais passé la journée à traîner les bagages dans tout Paris. Elle ne me répondit pas.

— Pourquoi est-ce que le sexe t'effraie autant ? la questionnai-je, debout au-dessus d'elle.

Elle leva le regard vers moi. On n'entendait que la mouche voler.

— Je ne pense pas que Dieu me porte dans son cœur, dit-elle.

Je ne savais vraiment pas quoi répondre à ça. Je remis mes lunettes sur mon nez. Je ne sais pas ce qui m'avait pris de lui faire traverser l'Océan. Elle semblait fragile. Je sentais combien elle mourait d'envie de rentrer chez elle.

– Écoute, pourquoi est-ce qu'on ne prend pas simplement une douche et un peu de repos ?

Je me mis à fouiller dans mon sac à la recherche du savon.

– Tu n'as pas peur de la mort ? demanda-t-elle.

– Pas vraiment. Je ne crois pas.

– Moi oui, fit-elle simplement.

– Si tu crois en Dieu, pourquoi avoir peur de la mort ?

– Je ne crois pas en Dieu, dit-elle en se mordillant une épaisse mèche de cheveux. Je ne suis pas très marrante, hein ?

– T'en fais pas pour ça. Demain, on rigolera bien.

J'étais accroupi en train de fouiller dans mes affaires.

– William…

Je me retournai pour la regarder. Ses yeux verts brillaient. Elle descendit du lit. Elle portait une robe noire fleurie, légèrement au-dessous des genoux, des collants bordeaux, une paire de chaussures classiques vertes et un gilet ajusté, à boutons, de couleur ocre. Elle leva les bras pour enlever deux barrettes argentées de ses cheveux. Elle était figée, comme transie de froid.

– C'est maintenant que j'ai envie de rigoler, dit-elle tendrement.

Lentement, elle déboutonna son gilet. Elle retira les manches et le laissa tomber à terre. Elle ôta sa robe par le col, une épaule, puis l'autre, et la fit glisser le long de son bras. Elle laissa tomber la robe à ses pieds. Je me relevai. Dans la lumière ambrée de la chambre, elle avait pour seuls atours un soutien-gorge noir, sa chaîne en argent, ses collants bordeaux et ses chaussures vertes. Je mis mes mains dans mes poches. Je devinai le blanc de sa culotte à travers ses fins collants. Son ventre faisait un drôle de pli par-dessus l'élastique trop serré. En s'aidant de ses orteils, elle enleva soigneusement ses chaussures. Elle continuait de me regarder. Elle fit descendre ses collants jusqu'aux genoux et en sortit les jambes, l'une après l'autre. Elle ramena rapidement son regard sur moi. Je me taisais. Ses mains remontèrent dans son dos pour aller dégrafer son soutien-gorge. Ses seins blancs furent instantanément libérés. Sa chaîne en argent pendait entre ses deux mamelons rosés. Elle saisit sa culotte par les pouces et, en se penchant, la fit glisser le long de ses hanches. Elle fit deux pas timides pour dégager ses pieds avant de se redresser. Elle était nue.

Elle avait le pied droit en dedans. Sa jambe tremblait imperceptiblement. Sa poitrine se soulevait au rythme de sa respiration haletante. J'avais envie de l'étreindre, mais mon cœur battait la chamade autant que le sien. Je sortis les mains de mes poches pour m'approcher, la pris par les poignets et m'inclinai pour lui donner un baiser. Sa bouche était froide et rigide.

— Pourquoi fais-tu cela ? lui demandai-je le plus délicatement du monde.

— Éteins la lumière, dit-elle à mi-voix. Je veux que tu me fasses l'amour.

J'éteignis la lumière. Elle était toujours au milieu de la pièce. Je retirai mon pantalon et enveloppai Sarah de mes bras. Pourvu qu'elle soit sensible à mon étreinte... Sa peau était si pure au toucher... Je pouvais sentir l'odeur de ses cheveux jusqu'au plus profond de mon être. Comme je l'entraînais sur le lit, elle eut un frisson. Elle souleva les draps et se glissa dessous. Je me déshabillai complètement et me couchai près d'elle. Elle avait les jambes fraîches. J'essayai de contrôler ma respiration. Sa chaîne lui rentrait dans la peau et la blessait. Je la lui retirai doucement. La chambre était plongée dans le noir. Je la sentis retenir son souffle tandis que je la pénétrai.

— Stop, dit-elle. Arrête. Prends un préservatif. J'en ai dans mon sac.

Je fus surpris des dispositions qu'elle avait prises en prévision de cette nuit. Je me levai pour aller chercher la capote, mais je compris aussitôt que je serais incapable de coucher avec elle. J'ai une sainte horreur des préservatifs. J'étais si nerveux que je n'arrivais plus à bander. Je repensais à ce que Sarah m'avait raconté à propos du jour du départ de son père. Quand ses frères aînés lui avaient dit qu'il les avait abandonnés, elle ne les avait pas crus. Elle avait fouillé tous les coins et recoins de la maison, dans les placards et les armoires, s'imaginant qu'il s'agissait d'une partie de cache-cache un peu plus corsée que d'habitude.

J'avais l'impression que le sang m'était monté à la tête ; j'ai cru nécessaire de me pencher en arrière. Mon pénis battait en retraite à la vitesse grand V. Quand je suis retourné au lit, le préservatif à la main, j'étais tout rabougri.

— Eh merde !

— Quoi ? Qu'est-ce qu'il y a ? fit sa voix étranglée.

— Je ne peux pas.

J'étais obligé de me remettre radicalement en question. Je repensai à un mec qui sortait avec ma mère et qui m'appelait toujours «fils à maman». Je le détestai. Je n'avais absolument aucune envie de penser à ma mère. Je pouvais à peine parler. Le gosier complètement sec. Je n'avais qu'une envie, c'était me précipiter la tête contre les murs de la salle de bains et cogner une bonne dizaine de fois.

— Qu'est-ce qui se passe? demanda-t-elle en se redressant sur le lit, les draps recouvrant pudiquement ses seins. Tu ne veux plus faire l'amour?

— Bien sûr que je veux! Mais là, tout de suite, je ne peux pas!

— Pourquoi?

J'étais incapable de lui répondre. J'avais envie de disparaître.

— Pourquoi? insista-t-elle.

— Écoute, Sarah, on dort, OK?

Je me suis tourné face au mur. Elle était assise et je sentais son regard dans mon dos. Après ce qui m'a paru durer une éternité, je l'ai entendue à nouveau dire : «Mais qu'est-ce qui se passe?»

J'ai tendu les bras pour l'attirer contre moi. Je ne sais pas pourquoi, mais j'étais incapable de prononcer un mot. J'étais même incapable de penser. J'avais l'impression que mon crâne allait exploser. Je me demandai pourquoi Sarah avait voulu savoir si j'étais baptisé. Je me demandai pourquoi je ne l'étais pas. Je me suis dit que je poserai la question à ma mère la prochaine fois que je la verrais. Je levai les yeux vers le tableau de Saint Paul. J'aurais bien aimé connaître son histoire.

Je suis resté éveillé pendant des heures. Quand j'ai entendu le rythme de la respiration de Sarah changer, j'ai compris qu'elle dormait. Quelque chose chez elle me déstabilisait. Je me suis mis à fixer le plafond et à suivre les fissures des yeux.

Son sein droit reposait sur ma poitrine. Une de ses jambes était enroulée autour des miennes. Elle avait posé une main sur mon ventre. Je l'ai embrassée sur la joue. Son corps était bouillant. Elle sentait le sommeil. Je me suis détendu. Je l'ai embrassée dans le cou. Elle dormait toujours. Je me suis mis sur elle en pressant mon torse contre ses seins. Le visage dans l'encadrement de ses épaules, sa chevelure noire formant des volutes sur l'oreiller blanc, j'ai glissé ma main dans le creux de ses reins et mes jambes entre ses cuisses. Elle dormait toujours. Je lui ai donné un baiser sur les lèvres et l'ai pénétrée. Elle s'est réveillée. Elle a pris une longue inspiration avant de m'embrasser et m'a agrippé par les épaules.

— Tu as mis un préservatif ? a-t-elle demandé dans un soupir.

– Non.
– Ça ne fait rien. Ce n'est pas grave.

Le lendemain matin, quand j'ai ouvert un œil, Sarah était en train de me regarder. Elle était assise sur une petite chaise en bois, les pieds sur le lit. Une serviette de toilette couvrait sa poitrine et ses cheveux étaient enroulés dans un T-shirt. Son visage était encore rouge et mouillé après la douche. Elle ressemblait à une princesse arabe. Elle avait ouvert les fenêtres. La chambre embaumait la douceur et le frais.

– Tu as un air joliment insolent ce matin, lui dis-je.

Elle se mordit la lèvre inférieure avec un petit sourire satisfait et regarda au loin. Debout à poil sur le lit, je me mis à me marteler le torse en poussant le cri de Tarzan. Elle se couvrit les oreilles.

– On est à Paris, murmura-t-elle comme s'il s'agissait d'un secret.

Je me rassis, enfilai mon caleçon et regardai par la fenêtre.

– Dis-le.
– Dire quoi?
– Tu sais bien. Dis-le.
– Mais quoi?

– *"Comment es-tu venu ici, dis-moi ? Les murs du jardin sont hauts et difficiles à gravir."*
– Non.
– Dis-le !
– Pourquoi ?
– Pour rigoler.
– D'accord. *"Comment es-tu venu ici, dis moi ? Les murs du jardin sont hauts et difficiles à gravir"*, dit-elle sans conviction.
– *"J'ai escaladé ces murs sur les ailes légères de l'amour : car les limites de pierre ne sauraient arrêter l'amour ; voilà pourquoi tes parents ne sont pas un obstacle pour moi."*

Je lui ai déclamé du Shakespeare, du *Roméo et Juliette* à pleins poumons, les bras déployés comme des ailes.

– Tu te sens mieux maintenant ? demanda-t-elle.

On a passé ces quelques jours cloîtrés, à l'abri de la pluie. De la condensation se formait à l'intérieur de la chambre tandis que les gouttes ruisselaient dehors. Un violent parfum d'amour régnait dans la chambre. Je résolus de ne plus jamais prendre de douche de ma vie. Mes mains, mes bras, mon visage, tout était imprégné de l'odeur de Sarah.

Une fois, après l'amour, je l'ai observée m'enlever délicatement le préservatif et faire un petit nœud bien net avant de le balancer. Je fus instantanément ivre de jalousie. Ou avait-elle bien pu apprendre ça? Elle s'éclipsa dans la salle de bains, me laissant désemparé. Je me demandai à quoi elle pouvait bien penser et pourquoi elle mettait autant de temps. Pourquoi avait-elle besoin de prendre un bain, d'ailleurs? Mais quand elle revint, tout était pardonné.

Elle tressait ses cheveux et parlait de films idiots avec entrain. On faisait des tonnes de parties de gin rami. Elle s'asseyait à la fenêtre et chantait. Je lui demandais « Chante-la encore une fois. » On buvait du vin. Elle avait l'alcool gai. Elle pouvait rire sans s'arrêter. Elle avait la voix satinée d'une anche de clarinette. On pouvait s'ébattre toute la journée jusqu'à en avoir mal. L'air était suffocant. On transpirait. J'aurais du mal à dire si elle me touchait ou m'embrassait tant chaque parcelle de son corps avait la moiteur de sa bouche.

Nous n'avions rien de touristes modèles. Quand il s'arrêtait de pleuvoir, on ne faisait pas grand-chose d'autre que se balader. C'était notre premier séjour dans un pays étranger. Même les cannettes de Coca françaises nous paraissaient exotiques. Sarah aimait le bord du trottoir et moi le caniveau ; comme ça, on pouvait se tenir la main et marcher à la même hauteur.

On a croisé une vieille qui hurlait après son chien. Le basset était tranquillement en train de baver sur le trottoir et elle n'arrêtait pas de lui beugler dessus. « Eh, Madame ! Votre chien ne parle pas français ! », pensai-je en moi-même. La France est un pays magnifique. Même les néons des sex-shops avaient de la classe.

Sarah avait tenu à prendre de l'argent pour s'offrir une robe. On a dégoté une friperie et j'ai pu la voir à l'œuvre. Elle me faisait une grimace à chaque nouveau passage par la cabine d'essayage. Ça m'a rappelé le shopping avec ma mère.

Chaque fois que ma mère allait s'acheter des fringues, j'étais le plus malheureux des petits garçons. C'est dans ces moments-là que mon père me manquait le plus. Je me mettais alors à errer tout seul dans le centre commercial en faisant croire que j'étais orphelin. Ça me faisait du bien. Les orphelins n'ont pas de passé. Ils peuvent aimer les gens sans leur être redevable. Il m'arrivait de voler des Camel et de sortir fumer avec des garçons plus âgés. Je me piquais des sprints à travers les galeries comme si j'étais le célèbre footballeur Tony Dorsett des Dallas Cow-boys.

Avec Sarah, je me sentais à l'aise. Je restai tranquillement assis et commentai chaque nouvelle apparition. Elle se décida pour une robe noire sans manches avec de longs gants noirs assortis. Elle choisit pour moi un vieux costume vert. Elle tenait à ce qu'on sorte le soir même et qu'on se paye un super dîner.

Passer la commande fut une expérience amusante. Sarah parlait un peu français – elle en avait fait deux ans au lycée. Moi, j'étais nul. On a commandé une fondue savoyarde. Les murs du restaurant étaient rouge foncé. Le serveur avait une fine moustache typiquement française. La salle était presque exclusivement éclairée aux bougies. Exactement le genre d'endroit dont on rêvait. Le serveur était sympa, mais, à mon avis, un peu trop familier avec Sarah. Il n'arrêtait pas de lui toucher l'épaule. Elle était assise sur la banquette contre le mur et je lui faisais face.

– Je crois que j'ai été conçue l'ultime fois où mes parents ont couché ensemble, déclara-t-elle en plongeant le pain dans sa fondue tout en prenant soin de ne pas tâcher ses gants. Un jour, mon père est parti dans un centre à Albany et n'en est jamais revenu. Il était alcoolique, dit-elle. Mais, à partir de ce jour, j'ai reçu de lui une lettre par semaine jusqu'à ce que j'entre à la fac.

– Que s'est il passé ensuite ?

Avec mon costume et la robe de Sarah si élégante, j'avais l'impression que nous formions un vrai couple, cosmopolite et respectable.

— Quand j'étais étudiante, il me rendait régulièrement visite. Il ne voulait plus jamais revoir ma mère. Ses lettres ont fait le bonheur de mon enfance. Elles arrivaient toujours sous enveloppe cachetée bleu foncé. Je les conservais dans une boîte, sous mon lit. J'adorais leur couleur parce que du temps où il vivait avec nous, mon père rentrait toujours avec son bleu de travail. Assis devant la télévision, postée derrière lui sur le dossier du canapé, je lui grattais le dos, aussi longtemps que ma mère me le permettait. Quand j'allais me coucher, mes doigts étaient tout bleus.

— Et tu aimais ça ?
— Oh oui !

Elle hocha la tête et se lissa les cheveux. Les mains toujours prises dans ses longs gants noirs. Elle était heureuse. Je le savais. Elle me regarda et jeta un regard circulaire sur la salle tamisée et les consommateurs.

— Tu me vois ? demanda-t-elle.
— Oui, fis-je.
— Tant mieux.

En douce, elle croisa les bras, les mains sur la poitrine, puis, peu à peu, fit glisser sa robe sous ses seins, les mains toujours plaquées dessus. Je ne saisissais pas vraiment le sens de la manœuvre. Elle avait le regard lascif et brillant. Elle retira doucement ses mains, me révélant sa poitrine. Ses seins nus étaient exposés à tous les regards.

— Tu voudrais que je te gratte le dos ? dit-elle d'une voix à peine perceptible pour que je sois le seul à l'entendre.

Je ne pus émettre qu'un bref « oui ». Je me sentis soudain très mal à l'aise dans mon costume neuf.

— Vraiment ?

J'acquiesçai. Tout mon sang afflua au visage.

— Viens aux toilettes, lui dis-je.

— Pour quoi faire ?

Elle m'adressa un regard faussement timide, les seins toujours dénudés.

— Vas-y, c'est tout.

Elle remonta sa robe, tira sur ses gants et se leva en s'excusant.

Sarah se cacha derrière mon dos pendant tout le trajet du retour.

— Oh, mon Dieu ! répétait-elle.

De temps en temps, elle me regardait avant de se cacher à nouveau. Faire l'amour aux toilettes relevait de la prouesse. Elle était face au lavabo et moi derrière elle. Je portais mes lunettes, j'avais donc pu nous observer dans le miroir. Son visage était rouge et marbré. J'admirais ses seins de femme et regardais mes mains les parcourir. On n'aurait pas dit les miennes mais celles d'un pataud.

De retour à l'hôtel de Nesle, Sarah s'assit sur le lit, toujours parée de sa belle robe. Elle défit le papier d'un chocolat à la menthe que les femmes de chambre avaient laissé pour nous.

— Je peux ? demanda-t-elle.

— Bien sûr.

— Tu ne le veux pas ?

— Non.

— Je ne devrais pas. J'ai déjà mangé celui d'hier soir.

— Vas-y, fis-je en enlevant ma veste.

— Non, vas-y toi, dit-elle en me l'offrant.

— Je n'en ai vraiment pas envie.

— Attention, je vais le manger, me menaça-t-elle.

— Mais j'y tiens.

— Tu ne crois pas que ça va me faire grossir ?

— Non.

— Ça t'est égal si j'ai un bouton demain ?

— De quelle grosseur ?

— Pas très gros.

Sarah adorait le chocolat. Elle s'en était enfilé trois crêpes l'après-midi même, en tenant à chaque fois le même discours : « Bon, j'en mange une, mais demain, je m'en passerai. » Elle s'était assise pour la déguster, en avait découpé de tout petits morceaux avant de les mettre un à un dans sa bouche.

Sarah n'était pas « séduisante » au sens courant du terme. Elle n'avait pas un corps ferme ou svelte ni rien de ce genre. Elle était drôle. À la façon d'une personne endormie dans un bus qui n'arrête pas de piquer du nez et de se redresser brusquement. Elle était *humaine*. C'est la personne la plus humaine que j'ai jamais rencontrée. C'est ce qui la rendait si désirable.

Toute mon enfance, j'avais passé mon temps à faire semblant. Faire semblant qu'on était une famille, ma mère et moi, quand on sortait au restaurant. J'étais à table et je me demandais où mon père pouvait bien dîner. Avec Sarah, je n'avais besoin ni de l'un ni de l'autre. On n'avait qu'à fonder notre propre famille.

– Marions-nous.

Je voulais lui faire comprendre que je l'aimais, que tout me plaisait chez elle. J'aimais les sentiments qu'elle faisait naître en moi, y compris la souffrance. J'aimais la façon qu'elle avait de choisir une robe, de faire l'amour dans les toilettes, de manger du chocolat. J'aimais sa mère. J'aimais son père alcoolique qui écrivait des lettres dans des enveloppes bleues. J'aimais n'importe laquelle de ses pensées.

– Si on se marie, ma mère fait un arrêt cardiaque, fit-elle, du chocolat plein les dents.

– D'accord, laisse tomber. Faisons un enfant.

Ça, c'était l'autre truc. Chaque fois qu'on faisait l'amour, je voulais qu'elle tombe enceinte. Vraiment. Une certaine idée de la perfection : « Homme comblé par femme enceinte. »

– Pas d'enfants, dit-elle en ôtant ses gants.

– D'accord, pas d'enfant. Tu veux que j'aille chercher du vin ?

Je savais que si je restais plus longtemps dans cette chambre, j'allai lui faire une déclaration d'amour. Et je n'étais pas certain que l'idée soit si bonne que ça. Je craignais qu'elle ne ressente peut-être pas la même chose que moi et que ça nous mette mal à l'aise. Je ne pouvais pas rester en place.

– J'aimerais bien encore du vin, mais je n'ai aucune envie de ressortir.

– Ne t'inquiètes pas pour ça. Je m'en occupe.

– Tu es sûr ?

– Ouais.

Je n'arrivais toujours pas à m'asseoir.

– William, tu es sûr que ça va ? demanda-t-elle en me forçant à la regarder.

— Ouais. J'ai juste besoin de prendre l'air.

— Bon, alors va chercher du vin ! Tu pourrais peut-être prendre du jus d'orange pour demain matin ?

— Pas de problème, fis-je en enfilant ma veste. À tout de suite.

— Bye.

Je sortis en fermant la porte. Je me retrouvai devant l'escalier en colimaçon. L'hôtel était silencieux. Je pouvais distinguer le bourdonnement de la minuterie du hall d'entrée et un bruit de clés dans une serrure plusieurs étages en dessous. Je résolus de faire demi-tour pour m'excuser de mon comportement étrange. Quand j'ouvris la porte, elle était toujours assise sur le lit.

— Que se passe-t-il ? demanda-t-elle.

— Rien. Je reviens tout de suite.

Je refermai la porte. Des moments comme celui-là m'étaient particulièrement pénibles. Être près d'elle était parfois une souffrance. Elle ouvrit la porte derrière moi et fit un pas dans le couloir. Elle était pieds nus.

— Qu'est-ce que t'attends ?

— Je sais pas. Je suis nerveux. C'est tout.

Je fixai le sol. Ses doigts de pieds étaient dressés en l'air. Le sol devait être glacé ; il n'y avait pas de moquette.

– Embrasse-moi, dit-elle.
Je l'embrassai.
– Je t'aime, murmura-t-elle.
Je levai la tête.
– Je t'aime aussi.
– Vas chercher du vin.
– J'y cours, fis-je en dévalant les escaliers.
– N'oublie pas le jus d'orange! me cria-t-elle.

Je courus à travers la ville. Pas pour le vin. Je courais. C'est tout.

Le matin de notre dernier jour à Paris, nous avons pris notre petit déjeuner par terre, dans le petit salon de l'hôtel. À la réception, la patronne de l'hôtel, Madame Simone, une femme ridiculement grosse, d'un certain âge et d'humeur taquine. Elle parlait bien mieux l'anglais qu'elle ne le prétendait. Son mari, un type malingre aux petits soins avec ses clients, courait partout. Le petit déjeuner était servi entre 9h et 9h30. Ce qui fait qu'on le loupait la plupart du temps. Il y avait une grande table ronde, très basse – pas plus de soixante centimètres à mon avis –, autour de laquelle nous étions sensés nous asseoir, et des tas de coussins usés et de vieilles carpettes. Plusieurs chats étaient intégrés au décor. Le café était servi dans des bols ; pain et confiture à volonté. Assez *cheap*, mais pas sans charme.

Avec nous, ce matin-là, se trouvait une Australienne d'une trentaine d'années portant minerve. Elle s'appelait Rose. Elle vivait à l'hôtel depuis le début de l'été à cause de son accident à Versailles au mois de juin – elle avait trébuché dans les escaliers du château trois jours après son arrivée et avait dû interrompre son tour d'Europe. Elle était en assez bons termes avec Madame Simone et semblait étonnamment joyeuse malgré sa minerve. Il y avait aussi deux Allemands, une fille et un garçon de seize ans. Sans leur avoir jamais adressé la parole, j'étais convaincu qu'ils avaient fugué. Il y avait, enfin, trois étudiantes venues d'Atlanta qui parlaient haut et fort. Je les aimais bien pourtant, parce qu'elles se marraient tout le temps.

– J'aimerais être hôtesse de l'air. Et toi, à quoi te destines-tu ? demanda la plus jolie des trois à Sarah.

– Je n'en sais rien.

– Que fais-tu maintenant ? Tu es étudiante ?

– Je fais la nounou. Je m'occupe d'enfants, répondit Sarah.

– Whaouh… super ! fit la fille avant de se retourner pour continuer à discuter avec ses amies.

Sarah s'éclaircit la gorge avant de s'adresser à l'assistance.

– Est-ce que quelqu'un sait s'il est possible pour des Américains de se marier à Paris? Et si oui, comment faut-il s'y prendre?

Sarah donnait l'impression que sa demande était mûrement réfléchie.

Je la regardai. J'avais dû lui demander de m'épouser à peu près une vingtaine de fois au cours de notre séjour, mais ne m'attendais absolument pas à ce qu'elle y ait réfléchi sérieusement.

Les filles d'Atlanta se turent. Rose redressa sa minerve. Le couple allemand ne fit pas attention. Ils avaient la tête plongée dans leur café.

– Vous songez à vous marier? demanda Rose.

– Oui, dit Sarah qui ne m'avait toujours pas regardé.

– Mince alors! Fantastique! s'écria l'une des filles avec un fort accent georgien.

Sarah lui adressa un bref sourire. Rose se mit à parler à Madame Simone en français à travers le petit salon. Sarah et moi les regardions. Rose se tourna vers Sarah.

– Elle dit qu'elle pense que c'est possible. Ce serait pour quand?

– Aujourd'hui, fit Sarah en daignant enfin me jeter un œil.

Je ne pus m'empêcher de lui faire un grand sourire.

– *Aujourd'hui*, hurla Rose à Madame Simone.

– *Aujourd'hui*[5] ! s'exclama la patronne avant de recommencer à déverser des flots de paroles à un débit record.

Sarah eut un air de panique. Rose se retourna entièrement en protégeant son cou pour s'adresser à elle.

– Elle dit que vous pouvez faire la demande auprès de l'ambassade américaine. Si ça marche, il y a un endroit près d'ici qui, d'après elle, assure le service, mais elle n'est pas certaine que tout ça puisse se faire en un jour.

– Merci beaucoup, dit Sarah, s'adressant à Rose et à Madame Simone.

Cette dernière secoua la tête en signe de désapprobation. Les Allemands étaient toujours ailleurs. La jolie Géorgienne se pencha vers Sarah.

– J'ai mon nécessaire à maquillage, si tu veux.

Après le petit déjeuner, j'ai coincé Sarah contre un mur du corridor. Elle portait un sweat-shirt beaucoup trop grand pour elle.

– Qu'est-ce qui t'a pris ?

– Si tu n'es pas d'accord, ce n'est pas grave. Je me suis juste dit qu'après tout, on devrait le faire.

---

5. En français dans le texte.

Je fis tout mon possible pour ne pas rire.

— Je n'ai pas dit que je n'étais pas d'accord, j'ai dit : "Qu'est-ce qui t'as pris ?"

— Je sais pas, dit-elle.

Elle s'exprimait à une cadence rapide, regardant tantôt vers moi, tantôt vers le sol :

— Je ne suis pas sûre de pouvoir rester séparée de toi. Et sans rire, combien de fois dans sa vie a-t-on vraiment envie d'épouser quelqu'un ? Moi j'ai envie de me marier avec toi. Tant qu'on maintient un espace entre nous où chacun peut exprimer sa personnalité et qu'on ne devient pas un de ces couples neu-neu qui se laisse aller et finit par s'étouffer, je pense que c'est peut-être mieux de se marier. Comme ça, s'il arrive quelque chose ou que ça foire — ce qui, comme tu le sais, arrive dans la plupart des cas —, on devra affronter les problèmes. On ne pourra pas prendre la fuite sans explication.

— Tu voudrais un enfant ? demandai-je.

— Pas dans l'immédiat. Non, je ne pourrais pas.

— Non, évidemment, pas tout de suite, dis-je.

J'aurais toujours le temps de la convaincre plus tard. On s'observa pendant quelques secondes. Des gens entrèrent dans l'hôtel et se dirigèrent vers la réception.

— Alors, qu'en penses-tu ? Tu crois que c'est du délire ? demanda-t-elle en tirant sur son sweat-shirt.

— Allons-y, dis-je, sûr de ma décision.
— Quoi ?!

Elle écarquilla ses yeux verts. Elle me regarda comme j'imaginais qu'elle avait regardé le premier garçon qui l'avait invitée à danser.

— J'ai envie qu'on le fasse, dis-je.
— T'en es sûr ? Faut vraiment en être sûr. Parce que, si on le fait, chacun de nous figurera sur la nécro de l'autre. Tu vois, c'est sérieux.
— Marions-nous, agissons en individus responsables, rien à foutre, brisons les tabous !

Je me laissai un peu emporter. Je l'ai embrassée en glissant ma main sous son gilet.

— Il faut que je téléphone à ma mère, dit-elle. Tu veux appeler la tienne ?
— Pas la peine. Ma mère a plus de respect pour la spontanéité que pour la politesse.

Une fois que j'ai obtenu l'indicatif, Sarah a appelé sa mère de la cabine de l'hôtel, en PCV. Je suis resté à côté du téléphone en parcourant le hall du regard. Un vieux chat gris donnait des coups de patte à un cafard. Le cafard essayait de s'enfuir, mais le chat s'amusait à prolonger son agonie. Je n'arrivais pas à croire que c'était le jour le mon mariage. C'était parfait. C'était notre histoire.

— Salut, maman ! C'est moi, dit Sarah en tirant

sur ma chemise. Oui, maman, je suis toujours en vie. (Elle m'adressa un regard exaspéré.) Je passe de super vacances… J'ai pas appelé plus tôt, c'est tout. (On a attendu tous les deux que sa mère ait fini de parler.) Non, on n'y est pas allés… Je ne sais pas, on est allés autre part… Maman, écoute, j'appelle pour autre chose. William et moi allons nous marier. (Elle se mordit la lèvre et me fixa d'un air angoissé.) Maman?… Maman?… Allô? Je sais, c'est rapide, mais c'est notre choix… Non, maman! Dis-moi quelque chose… Oui, il est à côté de moi, mais parle-moi d'abord. (Elle plaqua sa main contre le combiné en se tournant vers moi :) Tu veux bien lui parler?

Je fis «oui» de la tête et pris le téléphone. Je n'étais pas nerveux du tout.

— Allô, Mme Wingfield?

— Alors, vous voulez épouser ma fille?

La ligne était excellente, je l'entendais parfaitement.

— Oui, madame, c'est ça.

Je fixai Sarah du regard. Ses mains étaient fermement agrippées à ma chemise de flanelle.

— Premièrement, cesse de m'appeler «madame». Tu n'as pas l'air sincère.

— Entendu, marché conclu.

J'aimais cette vieille femme, elle me bottait.

— Tu ne vas pas me dire qu'elle est enceinte ? demanda-t-elle.

— Non. Sarah ne veut pas d'enfant.

— Bon, très bien. J'ai eu Sarah à quarante-six ans. Alors le mythe d'avoir des enfants jeunes pour qu'ils soient beaux, tu comprends, à d'autres…

— Ouais, je comprends.

Sarah colla son oreille contre l'appareil pour essayer d'entendre.

— Maintenant, écoute-moi bien, William. Que ce soit bien clair : je pense que vous faites tous les deux une grosse bêtise. Suis-je assez claire ?

— Oui, je pense que vous l'êtes.

Sarah se posta devant moi et, très doucement, me demanda ce que sa mère était en train de raconter.

— Je n'ai pas l'impression que tu te soucies de ce que j'ai à dire, William, poursuivit Mme Wingfield. Alors, libre à toi d'épouser ma fille.

— Merci, fis-je.

— Maintenant, repasse-moi Sarah !

— Au revoir, Mme Wingfield.

— Au revoir, William.

Je tendis le combiné à Sarah. Je nageais en pleine euphorie. Sarah s'en saisit et le tint à deux mains.

— Salut maman !

Elle resta à écouter sa mère pendant ce qui me parut durer une éternité. Son visage se décomposait. Elle n'arrêtait pas de hocher la tête et de mettre ses cheveux derrière les oreilles.

— D'accord, maman, on doit y aller, finit-elle par dire. Oui, je comprends… D'accord, bye… D'accord… D'accord, bye.

Sarah raccrocha en fixant l'appareil des yeux.

— Qu'est-ce qu'elle a dit ?

— Je ne peux pas me marier, dit Sarah, le regard toujours rivé sur le téléphone.

— Qu'est-ce qu'elle a dit ? répétai-je.

Elle se retourna, mit son poing à la bouche et parla de façon mécanique en mordant l'un de ses métacarpes.

— Elle a dit… qu'elle pensait que c'était une bonne idée. Elle a dit que tu étais bien pour moi. Elle paraissait surprise parce qu'elle avait du mal à croire que tu puisses m'aimer très longtemps.

Elle sourit en hochant la tête. On était silencieux.

— Je te demande pardon, William. J'ai été ridicule.

Je parcourus l'hôtel du regard. J'étais déconcerté. On a dû se pousser pour laisser passer de nouveaux arrivants qui traînaient leurs bagages dans les escaliers. Je ne trouvai absolument rien à dire. Sarah me dévisageait sans aucune expression.

– Viens ici, dis-je.

Je l'ai prise par la main pour essayer de l'entraîner hors de l'hôtel.

– Non. J'ai envie d'aller nulle part.

– Allez viens !

– William, je ne peux pas t'épouser.

– Je sais. Mais suis-moi juste deux secondes.

Je l'ai entraînée dans la rue. Il restait des traces d'ordures de la veille. On pouvait encore voir les éboueurs vert fluo ramasser les poubelles. Paris est bien plus propre que New York. J'ai accéléré le pas en tenant Sarah par la main.

– Où on va ?

– Tu verras.

On a traversé le Pont Neuf sous un ciel gris et bas. Le vent soufflait en rafales. Sarah me tenait par une main et, de l'autre, serrait son gilet autour de son cou. Ses cheveux balayaient son visage et s'engouffraient dans sa bouche. On a traversé l'Île de la Cité jusqu'aux pavés de Notre-Dame. Les touristes s'étaient déjà rassemblés. C'était plein de guides hurlants qui escortaient des groupes à la descente des bus. Il y avait des familles avec des enfants en T-shirts Batman. C'était bondé de marchands ambulants.

J'ai marché jusqu'à l'entrée de la cathédrale et j'ai poussé la lourde porte. Sarah s'est arrêtée dans le passage et m'a lâché la main. Elle m'a pris le cou, passé la main dans les cheveux, et m'a embrassé tendrement.

On est entrés. Des gens se recueillaient sur les bancs. Je me demandai ce qu'ils pouvaient bien raconter dans leurs prières. D'autres glissaient des pièces dans une boite de métal pour allumer des cierges. Mais la plupart déambulaient, l'appareil photo autour du cou. J'entendais l'écho de nos pas résonner sous la voûte. On a marché le long de l'allée centrale. L'église était baignée d'une vapeur bleutée et chaude. Ses grands vitraux solidement encastrés dans le mur. Je ne pouvais pas m'empêcher de penser aux bâtisseurs, à ceux qui avaient posé ces pierres et coulé ces vitraux. On percevait la voix d'une mère, à l'autre bout de l'église, qui essayait de faire taire ses enfants. Sarah me prit par le bras.

En approchant du chœur, une lourde corde de velours rouge nous barra le chemin. Je la soulevai et Sarah passa dessous avec moi. Je me suis agenouillé devant l'autel. Sarah m'a imité après avoir jeté un dernier coup d'œil sur le lieu. Elle a déposé un tendre baiser sur ma joue. Devant nous, il y avait un crucifix en or de style baroque.

— Qu'est-ce qu'il faut dire ? murmurai-je.

Sarah haussa les épaules. Quand elle brisa le silence, je l'entendis prononcer :

— Voulez vous prendre pour épouse Sarah Wingfield, ici présente, et jurez-vous de lui apporter amour, fidélité et assistance jusqu'à la fin de vos jours ?

— Oui. Et vous, mademoiselle Sarah Wingfield, voulez-vous prendre pour époux...

Sans comprendre, j'eus un trou. Je n'arrivais pas à me rappeler la suite.

— Oui, dit Sarah. Moi aussi.

J'ai pris son visage entre mes mains et, toujours à genoux, j'ai déposé un baiser sur ses lèvres. Un baiser profond et dévergondé. Elle a tendu les bras en l'air et levé ses poings au ciel.

— Jure-moi que si ça tourne mal, si je m'enfuis ou quoi que ce soit d'autre, tu me retrouveras et m'obligeras à revenir t'embrasser.

— Rien ne peut nous arriver.

— Tu seras absent quatre semaines. C'est long, quatre semaines.

— Je le jure.

11

J'ai dépensé plus de la moitié de l'argent gagné à Paris en coups de téléphone à Sarah et pour le billet de retour. J'ai pris le Concorde parce que je voulais arriver cinq heures plus tôt. Sans blague! Je l'ai fait!

On ne s'était pas vus depuis quatre semaines. Je tenais un bouquet de fleurs et un paquet joliment emballé dans une main. Dans l'autre, une serviette de bain volée à l'hôtel. Il commençait à faire froid. Je pouvais voir la fumée que dégageait mon haleine. Toutes les deux rues, je me forçais à ralentir la cadence, mais, très vite, la course reprenait et je piquais un sprint.

Son immeuble avait changé d'aspect. Il était en travaux. Des types baraqués, sanglés, me fixaient du regard. Je suis arrivé hors d'haleine au pied de l'immeuble, avec mes fleurs, mon cadeau et ma serviette de bain. J'ai naturellement fait semblant de les ignorer.

Sarah ne m'attendait pas avant le soir. J'avais échafaudé toute une suite de scénarios pour nos retrouvailles. Je sonnerais à l'interphone, elle m'ouvrirait, je foncerais dans les escaliers, elle courrait à ma rencontre, on se retrouverait à mi-chemin entre le deuxième et le troisième étage, tombant dans les bras l'un de l'autre pour s'étreindre dans une folle passion extatique. Autre version : elle laisserait sa porte ouverte et je passerais la tête dans l'entrebâillement et la trouverait nue sur le lit. Je jetterais les cadeaux par terre, la prendrais dans mes bras et la ferait tournoyer jusqu'à ce que nous nous écroulions dans une folle passion extatique. « Folle passion extatique » était le mot clé.

Je fus tout à coup saisi de panique à l'idée qu'elle puisse ne pas être chez elle. J'appuyai sur l'interphone. Dix secondes passèrent ; dix d'autres. J'appuyai à nouveau. Il était 8 h du matin. Elle devait être là.

– Oui ? émit une voix ensommeillée.

Je me figeai. Je fixai le bouton de l'interphone.

– C'est le plombier. Je viens réparer l'évier.

L'interphone resta muet. Je respirai fort. Je me demandais si elle avait reconnu ma voix. Je jetai un regard aux ouvriers, puis à nouveau sur la porte. L'interphone grésilla. Elle m'avait reconnu. J'entrai. Je grimpai lentement les escaliers. Pour lui laisser le temps de courir à ma rencontre ou de se déshabiller ; de ce qu'elle voudrait en fait. Je levai les yeux en l'air, espérant la surprendre à me guetter, mais rien. Je n'entendais que le bruit de mon pas. Je me demandai s'il lui était familier. Levant à nouveau les yeux, je vis la porte entrouverte. J'étais à bout de souffle. Le couloir était désert. Aucune ombre derrière la porte. Je crus entendre de la musique. Puis plus rien. Je frappai légèrement. Sans résultat. J'ouvris et l'appelai :

– Sarah ?

– Oui, répondit-elle timidement.

Je ne pouvais pas la voir. Le couloir d'entrée était étroit. J'ai dû dépasser la salle de bains avant d'arriver à l'angle où j'ai, enfin, pu voir la pièce principale, la chambre-cuisine-salle à manger. Je brandis d'abord les fleurs à bout de bras sans me montrer. Puis, lentement, je passai la tête pour jeter un œil. Elle était là, appuyée contre le mur d'en face, à côté d'un bol fumant de flocons d'avoine. Elle me scrutait du regard sans bouger.

– Comment ça va ? dis-je, fleurs, cadeau et serviette toujours dans les mains.

Elle était en bas de pyjama et T-shirt soviétique. Ses cheveux, comme toujours au réveil, étaient à moitié collés, à moitié en pétard.

– Je suis rentré plus tôt que prévu !

Silence. Nous étions toujours debout à l'opposé l'un de l'autre. Elle me regardait comme si j'étais un assassin.

– Je voulais te faire la surprise. Je pensais bien faire.

– Je mange des flocons d'avoine.

C'était sa première phrase complète.

– Ouais. Je vois. C'est bon ?

Long silence. Sarah me regarda, puis son bol, puis moi.

– Pas mal, dit-elle.

Je lui tendis le bouquet de fleurs :

– Je t'ai apporté ça.

Je m'approchai lentement et le lui offrit. Elle s'en saisit en évitant soigneusement d'effleurer ma main.

– Merci, dit-elle en reculant d'un pas.

Elle sentit les fleurs sans cesser de m'examiner. On aurait dit qu'un mur de verre était dressé entre nous.

– Je t'ai rapporté la serviette que tu voulais.

– Oh, merci.

Elle essaya de sourire.

– Et aussi un cadeau, fis-je en lui tendant le paquet. C'est une robe verte, ajoutai-je avant même qu'elle ait eu le temps d'y jeter un œil. Je l'ai vue sur un mannequin et elle m'a rappelé celle que tu portes toujours, alors je l'ai achetée. Je ne sais pas si j'ai bien fait d'acheter quelque chose que tu avais déjà, mais au moment où je l'ai fait, ça m'a paru logique.

– Merci, dit-elle.

Elle ne l'ouvrit pas.

– De rien.

Lourd silence. Je commençai à avoir la tête qui tournait. Je ne comprenais pas pourquoi on ne s'embrassait pas. Elle me jaugeait comme si elle ne savait pas qui j'étais.

– Tu vas mettre les fleurs dans l'eau ?

– Ouais, certainement, fit-elle sans bouger.

Elle tenait fermement le bouquet entre ses mains.

– Tu es tendue ?

– Ben… euh… bredouilla-t-elle.

– C'est de me voir ?

– Tes cheveux ont poussé. (Son bol continuait de fumer sur la petite table.) T'avais pas dit que tu ne serais pas là avant ce soir ?

– Je voulais te faire une surprise.

– Eh bien, c'est réussi !

Elle arrangea ses cheveux. J'avais envie de l'embrasser, mais j'ai pensé que si je le faisais, elle risquait de se catapulter par la fenêtre.

– J'ai pris le Concorde, dis-je avec fierté.

– C'est pas hors de prix, ce truc ?

Tout était à la négative. Je la sentais prête à fuir. Je ne savais plus quoi dire.

– On m'a raconté une blague dans l'avion, dis-je en désespoir de cause. Tu veux que je te la raconte ?

Elle ne montra aucun signe d'encouragement, mais je poursuivis quand même :

– OK. C'est l'histoire de deux moines. Un monsignor et un simple moine. Ils sont en train de pêcher...

Debout au milieu de son appartement, j'étais en train de lui mimer la scène :

– Le moine attrape un super gros poisson et il fait "Ouah ! C'est un sacré fils de pute" Et le monsignor lui dit : "Mon fils, surveille ton langage." Et l'autre lui répond : "Mon Père, je suis désolé, mais c'est le nom du poisson, *filsdepute.* – Oh ! fait l'autre.

Je savais d'avance que ça n'allait pas la faire rire.

– Le soir même, comme ils intronisent un nouveau moine, ils décident de servir le poisson.

Je me demandais ce qui m'avait pris de choisir une histoire aussi longue.

– Ils prennent place autour de la table quand le moine dit : "Bigre ! que ce *filsdepute* est bon !" Et le monsignor ajoute : "Je n'ai jamais eu de *filsdepute* aussi bon." Puis, se tournant vers le nouveau, il lui demande : "Comment trouves-tu ce *filsdepute* ? " Le nouveau répond : "Je ne suis pas très poisson, mais je suis sûr que je vais apprécier de travailler avec vous, mes salauds."

Elle me regarda, stupéfaite. Je haussai les épaules en guise d'excuse.

– J'ai besoin d'aller dans la salle de bains, dit-elle.

Elle fit un écart pour me contourner. Je la saisis par les bras. Elle avait les mains blanches et chaudes. Elle s'immobilisa face à moi.

– Comment vas-tu ? demandai-je.

– Je viens juste de me réveiller.

Je l'ai embrassée. Avec mon jean crade, mes yeux cernés et mon esprit embrouillé, j'ai collé mes lèvres sur les siennes. Elle est restée de marbre. Au bout d'un moment, elle a détendu ses épaules et m'a rendu mon baiser. Il avait un goût de sucre roux et d'avoine. J'exerçai une pression des mains dans son dos. Elle ne portait pas de soutien-gorge. Après le baiser, elle a posé la tête contre mon épaule. Je n'étais pas sûr que la situation allait tourner à mon avantage.

– Attends un peu, dit-elle. Il faut quand même que j'aille à la salle de bains.

Je pris les fleurs et mis les tiges à tremper dans l'évier. Sarah disparut. Je me mis à la recherche d'un vase en me persuadant que tout allait pour le mieux dans le meilleur des mondes. J'aurais souhaité pouvoir tout recommencer à zéro et prendre le bon avion, me doucher et lui rapporter un autre cadeau, quelque chose de plus onéreux peut-être.

Une pensée me traversa l'esprit. Mais bien sûr! Elle était partie se déshabiller et allait reparaître toute nue. Il me semblait évident qu'elle ferait tout pour que je l'aime et que, par conséquent, elle était dans les mêmes dispositions que moi. Je l'imaginais déjà s'avancer vers moi, les mains sur ses jolis seins galbés, ses pieds glacés claquant sur le sol en bois. J'avais, ces dernières semaines, été obsédé par l'envie de voir son corps. Je l'avais même suppliée de m'envoyer des polaroïds, elle ne m'avait pas pris au sérieux. J'essayai de me décontracter, enlevai mes lunettes, en nettoyai les verres avec ma chemise. Je n'avais aucune envie de péter un câble ni de perdre mes moyens.

Je me demandais comment ça serait de faire à nouveau l'amour avec elle. J'imaginais ses yeux humides, son ventre et le bout de ses seins rose et dressé. J'étais heureux qu'il commence à faire froid dehors. Je n'avais aucune envie de sortir.

Je ne l'ai plus jamais vue nue.

12

Sarah m'envoya cinq lettres pendant que j'étais à Paris. Voici la dernière :

« *W.,*

En ce 7691ᵉ jour de ma vie, il y a bien peu de choses dont je me souvienne. J'ai un souvenir de trajet en bus pour l'école primaire. Je portais une robe à fleurs rigide, de couleur bordeaux et des couettes. Gillian Boyd, la petite teigne, était assise à côté de moi et me piquait mon repas. Je ne faisais que lui dire : "Vas-y, sers-toi, prends ce que tu veux."

Une ombre s'est glissée entre nous. Sean McQuarrie. Je ne me rappelle pas ce qui s'est passé, mais il a dû saisir Gillian par le col et la précipiter à l'arrière du bus. Après ça, elle me foudroyait du regard et, pendant toute l'année, Sean s'est assis à côté de moi le matin. Il me faisait rougir et j'étais amoureuse. J'avais six ans. On n'oublie pas ses héros.

On est mardi. Merci pour la chanson d'hier soir sur mon répondeur. Ce serait bien que tu reviennes vite. Quand je croise des facteurs dans la rue, je les regarde fixement en me demandant s'ils t'ont vu. Je dors à nouveau toute habillée.

Je regarde les bricoles rapportées de France – boites d'allumettes, billets d'avion, clé d'hôtel – et j'imagine mes enfants les découvrant un jour au grenier. Ils dévaleront probablement les escaliers pour me demander ce que c'est. Et je les leur arracherai des mains en les grondant sous prétexte qu'ils font trop de bruit. Je me dirai alors exactement ce que je me dis aujourd'hui : "Où es-tu allée dans ta vie ? As-tu rencontré beaucoup de gens intéressants ?"

Love,

S. »

Elle m'envoya trois lettres la première semaine, deux la deuxième. À la troisième, elle avait cessé toute correspondance. On se parlait quand même tous les jours au téléphone. Je lui disais combien les tournages étaient assommants, elle n'en croyait pas un mot. Je considérais chacun de mes succès d'acteur comme la marque de mes pires défauts. La seule chose que j'étais capable de faire, c'était de me faire passer pour quelqu'un d'autre. J'étais déçu qu'il y ait un marché pour ça.

Sarah m'expliquait combien elle haïssait que je lui manque et à quel point il lui était insupportable d'y être assujettie. Moi, j'étais content d'avoir quelqu'un qui me manque.

Quand j'étais plus jeune, les grandes personnes n'arrêtaient pas de me répéter que je souffrais de l'absence de mon père, mais je me disais qu'ils étaient tous crétins. Mon père m'avait promis que j'irais vivre avec lui quand j'aurai treize ans. J'attendais patiemment. Le jour de mon anniversaire, il a téléphoné en omettant de faire la moindre allusion à ce projet. J'ai décidé qu'il n'avait qu'à aller se faire foutre.

Le lendemain, je me suis battu avec Tommy Vitello. Il m'a cassé le nez et je lui ai défoncé la mâchoire. Entre la bagarre et ce que les conseillers d'orientation ont qualifié de « notes lamentables », ma mère m'a envoyé chez un pédopsychiatre. Il m'a demandé si mon nez cassé avait un rapport quelconque avec le coup de fil de mon père. Je lui ai répondu que la seule raison pour laquelle j'avais le nez cassé était que Tommy Vitello était un trou du cul. Il m'a dit deux choses : que j'avais besoin de modèles masculins positifs et que j'avais un problème de langage. Il avait raison.

La première nuit, on est resté étendus sur le lit, avec Sarah. Elle n'a pas voulu faire l'amour. Elle m'a dit avoir mal à l'estomac. Elle m'a confié que ça lui faisait drôle de se sentir étrangère à côté de moi. « Très drôle », ai-je pensé.

Le lendemain soir, sachant à quelle heure elle rentrait du boulot, je suis retourné la voir. Elle était assise par terre devant une machine à écrire, au milieu de la pièce. En train de taper. C'était une bonne dactylo. Je me suis dit qu'on avait dû le lui enseigner à la fac.

– Qu'est-ce t'écris ?
– Rien.

Elle ne s'est même pas levée pour me dire bonjour ou m'embrasser. Elle a continué son travail avec beaucoup d'application. La machine à écrire bourdonnait furieusement, les touches cliquetaient. Je me suis assis et j'ai attendu un moment. J'ai essayé d'engager la conversation, mais elle me faisait des réponses laconiques. Son appartement était frais. Les fenêtres étaient grandes ouvertes alors qu'il devait faire −40° dehors. Elle portait un sweat-shirt immense qui, je suppose, devait lui tenir chaud.

— Bon, je vois que t'es occupée. Je débarrasse le plancher, ai-je dit en me levant.

— Ouais, fit-elle, complètement immergée dans son travail. Excuse-moi. T'as qu'à m'appeler plus tard.

— C'est ça, je t'appellerai plus tard.

Je suis parti sans me presser. Quand j'ai refermé la porte, j'ai entendu qu'elle avait arrêté de taper.

Le troisième jour, j'étais assis sur son canapé et je la regardais faire ses bagages. Elle partait jouer avec son groupe dans un club à Boston et j'avais envisagé de l'accompagner. Elle virevoltait dans son appartement, de la salle de bains à l'armoire, en faisant des haltes près du sac de voyage. Elle m'avait plusieurs fois demandé si je tenais vraiment à l'accompagner.

— Ce serait peut-être mieux que je ne vienne pas.

— Pourquoi ?

— Ben, on dirait que t'as besoin de respirer. Et puis t'as raison, j'ai un tas de choses à régler.

C'était de la pure fiction. Maintenant que le film était terminé, c'est tout juste s'il me restait une vie. En dehors de mon obsession pour Sarah, je partageais mes journées entre les librairies et les séances de cinéma.

— OK, très bien. T'as sûrement raison, dit-elle en pliant un T-shirt.

— Ce qui veut dire ?

— Je sais pas ! C'est toi qui viens de dire que tu avais des choses à faire !

— Ouais, mais tu sais bien que c'est un putain de mensonge. (Je savais que je n'aurais jamais dû employer le mot « putain », ça trahissait ma colère.) Dis-moi ce qu'il y a ? Tu ne veux pas que je vienne ?

— Je sais pas. C'est juste que… j'ai l'impression que tu ne fais rien d'autre que m'attendre. C'est pas idéal pour un couple. En tous cas, pas celui dont nous rêvions. Tu vois, tu devrais t'occuper de toi, et moi de moi. J'ai l'impression qu'on devient un couple banal, et tu sais très bien que ce n'est pas ce que je veux.

— Ah bon, je le sais ?

Cette information me tombait dessus comme un coup de massue.

— Depuis que tu es parti – sans vouloir minimiser notre séjour à Paris, nous étions quand même hors de la réalité –, j'ai besoin de temps pour moi et parfois tu m'en prives.

Elle faisait exprès de continuer à empaqueter ses affaires tout en parlant sur un ton désinvolte.

— Je t'en prives ?

— Ce que je veux dire, c'est que je ne peux pas me contenter d'être simplement la petite amie de quelqu'un. Je ne peux pas envisager que ma vie dépende de toi. Je suis venue ici pour me débrouiller seule. Je suis très heureuse d'avoir été capable de ressentir ce que tu m'as fait ressentir. Je ne pensais pas que ce serait possible.

Elle a esquissé un demi sourire. J'ai répondu par un demi sourire. Elle venait de se débarrasser d'un poids sur le cœur. Elle a fermé la fermeture Éclair de son sac et m'a regardé. J'étais toujours assis sur son canapé. Canapé qui laissait supposer que les précédents propriétaires avaient un chien. J'étais enfoncé dans les coussins. J'avais des poils partout et l'impression d'avoir trois ans. J'ai hoché la tête d'un air entendu.

— Alors, c'est ça ? T'es en train de me dire qu'entre nous c'est fini ?

— Je crois qu'on a besoin d'espace.

— D'espace ? Tu pourrais trouver quelque chose de plus original, tu crois pas ?

— J'essaie simplement d'être sincère.

Elle prit un air indigné.

— Alors là, permets-moi de te dire que c'est vraiment typique d'une nana ennuyeuse comme la pluie de considérer que les phrases toutes faites du « Divorce en 10 leçons » sont une définition de la sincérité !

J'aurais bien voulu rire de ma propre plaisanterie.

– Écoute, je t'aime beaucoup...

– Oh, tu m'aimes ? Génial ! Alors c'est pas la peine que je me sente mal ! Super ! Je suis un gars sympa, un bon compagnon pour s'éclater en France, mais certainement pas à fréquenter tous les jours ?

Je lui avais cloué le bec. Assise sur le matelas, son sac à côté d'elle, elle garda les yeux rivés au sol.

– À quoi penses-tu ? lui demandai-je.

– Tu n'as pas le droit de me parler comme ça.

– Oh, ta gueule ! T'es la personne la plus lâche, la plus égoïste, la plus gâtée, la plus froide que j'ai jamais vue ! J'ai déjà fait ce que tu fais. J'ai déjà dit aux gens d'aller se faire foutre et je sais quel sentiment de supériorité cela procure. Je suis déjà passé par là, et permets-moi de te dire que c'est de la connerie !

13

Le lendemain de son retour de tournée, posté cinq étages sous sa fenêtre, en smoking, j'entonnai un nouveau couplet, du genre «Pardonne-moi.»

Je m'étais réveillé à 8 h du matin. Je savais que Sarah devait être au boulot à 9 h. J'ai mis mes verres de contact, me suis habillé en pingouin d'occase et ai foncé sous sa fenêtre. Elle avait installé les fleurs que je lui avais offertes sur son balcon. J'ai traversé la rue en prenant bien soin de ne pas salir mon costume et ai attrapé un porte-voix orange qui traînait par là. Je l'ai porté à mes lèvres et me suis mis à hurler à la mort. Sachant que c'était moi, elle est venue à la fenêtre. Son expression était impénétrable. J'ai pensé que je l'impressionnais. Les filles adorent ce genre de conneries.

Elle me fit signe qu'elle descendait. Je tentai un sourire qui puisse être visible depuis le cinquième étage et poussait un dernier hurlement.

Quand elle sortit de l'immeuble, Sarah portait un imperméable court rouge vif avec une capuche. Elle était énervée.

— Oh, ça va! ai-je fait devant son air renfrogné.

Le porte-voix fluo toujours en main, j'ai désigné mon smoking.

— Qu'est-ce que tu penses de ma tenue? C'est ma tenue de "grand pardon".

— Superbe. Et qu'est-ce que tu fais là-dedans? demanda-t-elle en commençant à descendre la rue.

— Je viens te demander pardon.

— Écoute, il faut que j'aille travailler.

— Je sais. Je peux t'accompagner?

C'était un matin de novembre. Il faisait doux et nos cheveux étaient encore humides après la douche. Elle ne portait pas de collants et ses jambes étaient toutes roses, elle avait la chair de poule. Son visage aussi était rose. La lumière crue faisait ressortir le vert de ses yeux. Une fois de plus, je me demandai si elle était Irlandaise. Dire que je l'ignorais encore. Je n'en revenais pas.

— Tu es Irlandaise?

— Pardon?

Elle marchait d'un pas décidé.

– Rien. OK, voici ma proposition. Je fais la conversation, d'accord ? J'ai un certain nombre de choses à te dire et tu n'as pas l'air spécialement loquace. Non pas que tu n'as pas l'air bien, au contraire. C'est pour ça que je t'ai demandé si tu étais Irlandaise. Bref, c'est moi qui fais la conversation, mais si à n'importe quel moment tu décides d'intervenir, n'hésite pas à dire : "Eh, j'ai quelque chose à dire", et je te répondrai invariablement : "Vas-y, je t'en prie."

Inutile de préciser qu'elle est restée muette.

Bon, je sais ce que tu dois penser : "Mon Dieu, ce mec me soûle. Il y a deux jours, il m'a dit des choses horribles avant de partir, vexé, et maintenant il vient me cueillir au saut du lit dans un smoking à deux balles, en hurlant sous ma fenêtre. Et en plus il voudrait que je trouve ça drôle." Eh bien, laisse-moi te dire une bonne chose, tu as absolument raison. Moi non plus je ne m'aime pas. (Voilà qui était parler. Je me sentais mieux. J'étais en bonne voie. Nous avons continué à marcher.) Alors quoi ? Pas de commentaires sur le smoking ? "Où l'as-tu acheté ?" ou "Quel bouffon !" ou encore "T'es complètement cinglé, j'y crois pas." Rien. Tu vas te contenter de marcher sans rien dire. D'accord. Cool. Tu veux savoir pourquoi je porte un smoking ? C'est pour rendre sa réalité au cinéma. J'endosse le cliché.

Elle ne réagit pas.

– Pardonne-moi, pardonne-moi, pardonne-moi. Personne ne m'aime, alors ne culpabilise pas. Tu es dans la tendance.

Tandis que je parlais à perdre haleine, elle ralentit le pas. Je me suis mis à marcher à reculons pour l'obliger à me regarder.

– T'as changé ton fusil d'épaule, admets-le ! Comment suis-je censé réagir ? Tu prends peur parce que tu te dis qu'on a peut-être été trop vite et c'est compréhensible. Mais toi, tu dois aussi me laisser le temps de m'habituer à cette idée.

Elle m'attrapa par le bras avant que je ne rentre dans quelqu'un.

– Merci. Je ne sais pas comment t'aimer. C'est à toi de me le dire. (J'inspirai profondément.) Tu vois, je t'explique ma façon de voir : si c'est d'essayer qui compte, alors je te promets tout ce que tu veux.

Je fis une halte, espérant qu'elle s'arrêterait aussi.

– JE NE VEUX PAS DE PETIT AMI, jeta-elle, en larmes, avant de disparaître dans la foule compacte de la 3e Avenue.

Je me raidis. Je ne l'avais jamais entendue hausser le ton. C'était un peu comme si elle avait m'avait enfourné le bras jusqu'aux tréfonds de l'estomac pour me sortir les tripes par la gorge. J'avais envie de la prendre par les cheveux et de la faire tournoyer au milieu de la rue. J'ai vu mon reflet dans la façade d'un immeuble en verre. Je me suis arrêté pour me regarder. La foule s'activait autour de moi. J'étais à cinq jours de mes vingt et un ans. Je me demandais où pouvaient bien aller tous ces gens.

14

Je suis aller voir douze films dans les trois jours qui ont suivi. C'était le seul moyen d'éviter de rester chez moi à surveiller mon répondeur.

Le troisième jour, je me suis retrouvé dans une cabine téléphonique au pied de son immeuble. Il était minuit à peine passé. Elle avait l'habitude de se coucher tôt le dimanche soir. Je m'étais pourtant convaincu qu'elle accepterait de sortir prendre un café. Je nous imaginais sirotant tout en commençant à rire des événements de la semaine passée. « Comment ai-je pu dire des choses pareilles ? – J'ai cru que tu étais furieux contre moi, répliquerait-elle en rougissant, soulagée. – Mais c'est moi qui croyais que tu étais furieuse contre moi ! »

– Salut, c'est moi. Je me demandais juste si… (j'avais la voix qui tremblait). Excuse-moi d'appeler si tard, mais j'ai pensé que, si tu étais d'accord, on pourrait peut-être prendre un café?

– Ah, ouais… Non, je crois pas, je suis trop fatiguée.

– Je sais, il est tard.

– Ouais, je devrais aller me coucher.

Je ne pouvais pas la laisser raccrocher.

– Comment vas-tu?

– Bien.

– Qu'est-ce t'as fait?

À ce moment-là, un camion de pompiers passa, toutes sirènes dehors.

– Où tu es? demanda-t-elle.

Je fus pris de court. Je ne voulais qu'elle sache que j'étais sous ses fenêtres, mais elle avait dû entendre la sirène à la fois chez elle et dans le téléphone.

– Je suis dans le centre, dis-je, honteux de mon mensonge.

– Hinhin, fit-elle pour toute réponse.

Il y eut un silence pesant.

– Est-ce que tu as un concert prévu bientôt?

– Non… Dis moi, euh, il faudrait vraiment que j'aille me coucher.

– Ouais, bien sûr… Je te rappellerai.

– Bonne nuit.
– OK, ouais, toi aussi.
– Au revoir, William.
– Salut.

Je restai pendu au téléphone comme à une partie de Sarah. Tout se désagrégeait si vite. J'ai traversé pour regarder sa fenêtre éclairée. J'aurais aimé qu'il pleuve. Je savais que je n'étais qu'un abruti transi de froid posté sous une fenêtre. C'est trop dur d'être privé de quelqu'un qui n'habite qu'à huit rues de chez vous.

15

La veille de mon anniversaire, j'ai reçu un coup de téléphone de Sarah. Elle voulait me voir. J'étais fou de joie. Elle me dit qu'elle avait des cadeaux pour moi, mais qu'elle serait trop occupée pour me les offrir le jour J. Elle me proposa de passer le soir même chez elle. Je répondis : « Ouais, parfait, c'est super. »

Sa répétition se terminant à 22 h, elle me suggéra de passer à 23 h. À 22 h 30, j'entrai m'asseoir dans une pizzeria au coin de sa rue. Je voulais être ponctuel.

Elle était exquise. Vêtue d'une robe chocolat avec de la dentelle au col et aux manches, elle portait toujours son cœur en argent autour du cou et ses cheveux étaient retenus par un peigne en plastique rouge.

— Je ne suis pas tout à fait prête, dit-elle en m'ouvrant la porte.

Elle me fit un accueil cordial, mais évita soigneusement de croiser mon regard.

— Tu veux une bière ?

— Je veux bien.

— Je crois qu'il y en a dans le frigo. Tu peux te servir ? fit-elle en se précipitant dans la salle de bains en dissimulant quelque chose derrière son dos. Je dois terminer le paquet, ajouta-t-elle en souriant.

J'ouvris le réfrigérateur, jetai un œil à ses produits végétariens et pris la seule Rolling Rock Light. Je me sentais tellement bien dans cet appartement autrefois ! À présent, je ne pouvais pas m'empêcher de penser que je le voyais pour la dernière fois. Il y avait une quantité d'épices au-dessus de l'évier (romarin, cannelle, sauge, etc.) Je me demandai quand elle avait bien pu les acheter. Je n'avais jamais vu d'appartement avec des épices.

— Tu peux mettre de la musique si tu veux, cria-t-elle depuis la salle de bains.

— D'accord.

Je passai rapidement ses cassettes en revue. J'ignorais quel genre de musique lui ferait plaisir et je ne voulais pas être responsable de l'ambiance. Je m'affaissai dans son canapé tout mou. Mon cul s'enfonça bien au dessous du niveau de mes genoux. Je me préparai mentalement à parer à toute éventualité. Je ne montrerais aucun signe de faiblesse.

Elle sortit de la salle de bains. Elle était de bonne humeur.

— Comment s'est passée ta journée? demanda-t-elle.

J'avais envie de bondir et de lui dire : « C'est quoi ce plan? Que se passe-t-il? Pourquoi tu refuses de me voir? »

— Oh, bien, fis-je humblement, en disparaissant dans son canapé. Comment s'est passée la tienne?

— De la folie, dit-elle en roulant des yeux ronds.

Je n'en revenais pas de voir à quel point elle était décontractée.

— J'ai été débordée ces derniers temps, ajouta-t-elle.

Elle posa trois cadeaux étrangement emballés sur la table basse qui trônait entre nous et s'assit en tailleur par terre.

— Qu'est-ce que c'est?

— Tes cadeaux, précisa-t-elle en me dévisageant.

C'était notre premier contact visuel depuis mon arrivée.

— Je suppose que je dois les ouvrir, non ?

Elle approuva, enthousiaste. C'était bizarre — je me souviens qu'elle avait l'air vraiment ravi. Je ne comprenais absolument pas pourquoi. J'ouvris les deux premiers paquets en silence. C'étaient deux bouteilles de vin dégoulinantes de cire.

— Des bougeoirs, dit-elle.

— Oh, c'est joli, fis-je en attendant la suite.

— Et voici les bougies, ajouta-t-elle en se levant pour aller les chercher dans un tiroir de la cuisine.

— Merci.

Elle se rassit et me tendit un gros paquet. Elle était dans l'expectative. L'instant aurait pu être magique si je n'avais pas été pris d'une irrésistible envie de réduire sa table en miettes et de hurler : « QU'EST-CE QUI SE PASSE À LA FIN ? »

J'ouvris le troisième cadeau. C'était un tableau encadré, peint par ses soins. Un cœur en sang avec huit mille nuances de vert et une traînée de rouge qui avait coulé jusque sur le cadre. Fabuleux. Je le tenais entre mes mains. Le regard plongé dessus.

— Pourquoi me tu le donnes, à moi ?

— J'ai pensé que ça te plairait, répondit-elle avec une tendresse non feinte.

— Ça me plaît. (Je marquai une pause. J'avais la gorge nouée. Je m'obligeai à reprendre ma respiration.) Tu veux continuer à me voir ?
— Je pense pas que maintenant…
— Alors pourquoi tu m'offres ça ?
— Que veux-tu dire ?
— Qu'est-ce que je suis censé en faire ? L'accrocher chez moi ?

Il m'était impossible de la regarder.

— Je sais pas. J'ai cru…
— Tu crois que j'ai envie d'accrocher chez moi un tableau qui me rappelle à tout instant une certaine fille qui n'a plus envie de me voir ?

Le sang m'était monté à la tête.

— Je t'avais pourtant prévenu que j'en étais incapable, dit-elle sur un ton d'assistante médicale.
— Tu m'as aussi fait promettre de t'obliger à ne pas me quitter ! Tu m'expliques comment je dois m'y prendre ?
— C'est impossible. Je suis venue à New York pour me débrouiller seule.
— C'est bon, je connais la chanson !

Je serrai les poings en enfonçant mes ongles dans mes paumes de mains.

— J'essaie simplement d'être honnête.
— Eh, bien, j'aimerais que tu mentes un peu plus.

— Tu veux que je mente ?

Elle me jeta un regard inquisiteur comme si c'était moi qui me conduisait de manière irrationnelle. Cela acheva de m'énerver.

— Non. Je veux juste un peu de sollicitude. On ne s'est pas vus pendant quatre putains de semaines et je reviens pour ça ? Mais qu'est-ce que j'ai fait ?

— Écoute, si tu tiens vraiment à moi, tu devrais te rendre compte…

Elle essayait de me calmer.

— C'est de ma faute ? demandai-je.

— C'est la faute de personne.

— Eh bien, c'est discutable, dis-je en me penchant au-dessus d'elle.

— Je t'avais prévenu que ce serait difficile pour…

— Tu vas te taire avec tes sermons ? Tu ne m'aimes plus. Tu ne veux plus sortir avec moi. Ça t'a amusé un moment. Maintenant ça ne t'amuse plus, alors je n'ai qu'à débarrasser le plancher et aller ACCROCHER TON PUTAIN DE TABLEAU SUR MON MUR !

Elle baissa la tête en se cachant les yeux dans les mains. Je m'étais levé. Elle était toujours assise par terre. Je lui tournais autour.

— Mais qu'est-ce que je suis censé faire, hein ? Je t'ai dit que j'étais déjà passé par là. J'ai déjà débité les conneries que tu débites et je sais que c'est un gros mensonge.

— C'est pas un mensonge.

— C'est un putain de mensonge !

Encore un peu, je donnais un coup de pied dans la table.

— Peut-être que tu sais mentir, mais moi, j'essaie juste d'être honnête.

— Tu veux bien arrêter avec ça ?

— Écoute, ça n'a rien à voir avec moi. Tu ne m'aimes pas. Ça t'arriverait avec n'importe quelle fille. Le problème, c'est toi. Je ne peux pas rester sans rien faire à attendre que tu guérisses de ta fascination pour la fille rétro. T'as raison : ça ne m'amuse plus. Je tiens beaucoup à toi et tu m'as rendue très heureuse…

Je ne l'écoutais pas. Je continuais de lui tourner autour comme un chien enragé attaché à un poteau.

— … mais je n'arrive pas à réfléchir quand on est dans la même pièce, poursuivit-elle. Tout est fictif avec toi. Comme dans un jeu. "Faisons semblant de nous marier", "faisons comme si j'allais devenir une star de country music…"

J'avais envie de la prendre et de la secouer. J'avais l'impression que si j'arrivais à frapper quelque chose suffisamment fort, je réussirais à l'obliger à m'aimer. Je voulais qu'elle pleure.

— "fais comme si tu étais elle...", enchaîna-t-elle. C'est ce que tu m'as dit le premier soir quand tu m'as vue chanter au club. Tu t'en souviens? Rien n'est jamais léger avec toi. Tout devient problème.

— Non, c'est uniquement toi. C'est toi le problème!

Elle avait replié ses genoux entre ses bras. Je cherchai un objet sur lequel cogner. Il était hors de question qu'une fille rompe avec moi sans y laisser de larmes.

Elle se recroquevilla en s'éloignant de moi comme si elle craignait que je la frappe.

— Bon sang, mais je ne vais pas te frapper!

Mais, en prononçant ces mots, je pris conscience qu'ils sonnaient comme une menace. Sarah protégea son visage entre ses mains.

— Je suis un mec super. Et tu m'aimes, dis-je. (Je voulais à tout prix éviter de pleurer.) Regarde-moi! Est-ce que tu veux bien me regarder? REGARDE-MOI! JE SUIS LÀ! hurlai-je en me penchant sur elle.

Elle ne leva pas les yeux. Je continuai d'arpenter la pièce. Le silence régnait.

— Je ne m'y prends pas très bien, n'est-ce pas? Écoute, ce serait vraiment important pour moi que tu me regardes en face. (La pendule de la cuisine indiquait 00 h 03.) C'est mon anniversaire! J'ai vingt et un ans!

Elle me regarda. Elle avait le visage et les yeux d'un cadavre. J'étais au bord des larmes. Il fallait que je parte avant de me mettre à pleurer.

— OK, je m'en vais... T'as envie que je parte, c'est ça ?

— Oui, dit-elle en baissant à nouveau les yeux.

Je ramassai les cadeaux. Pas faciles à transporter. Je parcourus les murs bleus du regard en repensant aux ovales que j'avais dessinés autour de ses yeux quand on avait repeint la pièce.

Je pris mentalement Sarah en photo, roulée en boule au milieu de la pièce. Une main comprimant l'autre. Le visage entre les genoux. Ses cheveux noirs drapés autour de ses jambes. Ses chaussures vertes dépassant de sa robe chocolat. Je tentais de partir mais je n'y arrivais pas.

— Je suis désolé, dis-je face au mur. Je voudrais te rendre les choses faciles. Je n'ai pas envie de me comporter comme un imbécile, vraiment pas. Mais tu ne pourrais pas me mentir, juste un peu ? Ou me laisser passer la nuit ici ? Ou n'importe quoi d'autre qui puisse rendre les choses un peu plus simples ?

— Je ne peux pas.

— Bien sûr que tu peux ! J'ai le sentiment que tu joues un jeu malsain avec moi.

— Je suis navrée que tu prennes les choses comme ça.

— Tu voudrais bien t'adresser à moi comme à un être humain, s'il te plaît?

— J'ai déjà vécu ça. Et je ne le regrette pas, finalement, parce que je me suis sentie soulagée, ça m'a rendue beaucoup plus forte.

— Forte? Tu vas voir comme ça me rend putain fort!

Je m'emparai de son réfrigérateur et le renversai par terre.

Elle resta tranquillement assise. Je ne pus que constater les dégâts. Mes lunettes étaient de travers. Je les redressai sur mon nez.

— Où étais-tu? demandai-je calmement.

Elle ne répondit pas.

— Ouais, bon. Tu me manques, dis-je.

J'ai rassemblé mes affaires et je suis rentré chez moi.

16

Le lendemain, c'était mon anniversaire. Hip hip hip hourra! Vingt et un ans et complètement hystérique! Assis face à ma mère, nous étions attablés au Mexico Magico. On aimait bien manger mexicain ensemble, ma mère et moi, ça nous donnait l'illusion d'être au Texas. Mais je détestais dîner en tête à tête avec elle. Je l'avais fait toute ma vie et cela me donnait toujours le sentiment désagréable d'être en couple.

Elle portait un tailleur gris. Elle avait les cheveux châtain clair et, depuis peu, elle se faisait des mèches blondes. Elle avait pris le train depuis Trenton, New Jersey. Je ne sais pas pourquoi, mais la plupart du temps, j'ai du mal à la regarder en face. On me fait des compliments sur sa beauté –

elle n'a que dix-sept ans de plus que moi –, mais je fais comme si je n'y prêtais pas attention.

— Tu as des Marlboro ? demanda-t-elle.

Ma mère adore les Marlboro ; toute autre marque est pour elle signe de faiblesse. C'est ce qu'elle a dit la première fois qu'elle m'a surpris en train de fumer. Je lui en ai offert une et la lui ai allumée.

— Alors, comment est-elle ?

J'avais commis l'erreur de mentionner Sarah.

— Elle n'est pas amoureuse de moi, maman, dis-je en m'allumant une cigarette.

— Qu'est-ce qui cloche chez elle ? demanda-t-elle en faisant signe au serveur de nous apporter de la sauce pimentée et des tortilla chips.

Ma mère et moi partageons le même défaut : aucun de nous ne tient en place.

— Il n'y a rien qui cloche chez elle, maman. Elle ne m'aime pas, c'est tout.

Je parcourus la salle du regard dans l'espoir de voir ma margarita arriver. J'aurais voulu que le serveur me remarque, mais il n'en fut rien.

— J'ai toujours trouvé qu'elle parlait comme une névrosée, dit ma mère. Elle n'a pas la moindre trace d'accent du Sud.

— Elle n'a rien d'une névrosée.

Je commençais à ressentir une vive douleur à l'estomac.

Nos boissons sont arrivées. Ma mère a pris une serviette pour essuyer le sel dont était enduit le pourtour de son verre.

– À la tienne, fit-elle.

Tous les serveurs portaient des sombreros. Un joueur de mandoline, vêtu d'une jaquette noire à sequins, jouait dans le fond de la salle. Je pense que pas un seul des serveurs n'était Mexicain. Ils avaient plutôt l'air asiatique.

– Tu as l'air déprimé, dit-elle. Ça va ?

– Ouais… Je n'aime pas les anniversaires.

– Personne n'aime les anniversaires. À un moment donné, William, il va falloir admettre que si ton père ne t'appelle plus pour te le souhaiter, c'est ton problème, pas le sien. Il t'aime beaucoup. J'en suis certaine. Je crois que cela lui fait trop mal de maintenir le contact avec toi.

– Je n'espérais qu'il m'appelle, fis-je d'un ton brusque.

Qu'est-ce qu'elle pouvait bien en savoir ? Ma douleur au ventre s'intensifia. On écoutait la mandoline. Les couleurs de la salle étaient tellement criardes que je sentais aussi un mal de crâne pointer.

– À ton avis, pourquoi elle ne m'aime pas ?

– Qui ? La fille ? Parce qu'elle a quelque chose qui cloche.

— Non, maman. La cloche, c'est moi. À ton avis, qu'est-ce que j'ai? lui demandai-je en toute sincérité.

— Tu as plus de respect pour les gens qui ne t'aiment pas, répondit-elle. Ça, et aussi le fait que tu n'aies pas fait d'études. Ce sont tes seuls points faibles.

Abandonner mes études était vraiment *la* chose qui avait profondément déçu ma mère.

Quand je n'étais encore qu'un petit garçon, elle était ma meilleure alliée. Une fois, en classe de dessin, je suis allé dire à un camarade que son dessin était à chier. La prof m'a collé en me faisant écrire un essai d'une page expliquant pourquoi je ne devais pas employer de gros mots. Je lui ai écris que je n'avais pas conscience que «chier» puisse en être un, puisque les mecs avec qui sortait souvent ma mère l'employaient à mon sujet. Après avoir lu mon essai, ma prof m'a pris dans ses bras, prête à fondre en larmes.

De retour chez moi, je me suis fait sonner les cloches par ma mère.

— Tu es incorrigible, William. D'abord, je ne sors pas "souvent" avec des mecs, et ensuite je ne t'ai jamais appris à dire "chier".

J'étais mort de rire.

– Pourquoi inventer des choses pareilles ?
– J'étais dans le pétrin, répondis-je en haussant les épaules.
– Oh ! Et tu te sers de ta pauvre vieille mère pour ça !
– Hinhin.
On a éclaté de rire.
– Qu'est-ce que t'as dit à ma prof ?
– D'aller au diable.

On nous servit enfin. Je picorais mon riz et mes haricots. Comme d'habitude, je m'étais gavé de tortilla chips et de sauce pimentée et je n'avais plus faim. J'aurais aimé que Sarah assiste à ce dîner. J'aurais pu rester détaché et en retrait pendant qu'elles se seraient lancées dans une discussion chaleureuse. J'aurais voulu que mon enfance se conjugue au passé, mais j'avais la sensation que tout recommençait.

J'écoutais ma mère parler de son nouvel ami, Harris. Je sentais l'ulcère continuer d'enfler dans les profondeurs de mon estomac.

– Il est très marrant, poursuivit-elle. Je crois que je pourrais tomber amoureuse. Tu seras surpris du nombre de fois où tu tombes amoureux dans ta vie.

Je me haïssais. Je haïssais ma mère. Je savais que si je n'y arrivais pas avec Sarah, je n'y arriverais avec aucune femme. Je croyais que j'allais finir pédé, genre fils à maman pleurnichard qui se masturbe en cachette. Si seulement j'avais été élevé par mon père! J'avais l'impression d'ignorer les règles élémentaires du comportement masculin. Je pensais ne pas posséder certaines qualités essentielles. Qualités qui auraient pourtant dû être innées. Quelque chose en moi ne tournait pas rond. Il y avait pourtant une chose dont j'étais sûr, c'est qu'un homme ne reste pas planté assis à fumer des cigarettes, boire des margarita et faire des confidences à sa mère.

Il y avait trois hommes au bar, qui me reluquaient. Ils avaient l'air gay. J'ai parcouru la salle du regard à la recherche d'une fille sexy.

Je surpris ma mère en train de me fixer avec une expression idiote.

– Quoi?

– Je ne sais pas. Tu as changé. Tu as l'air plus âgé, dit-elle.

– Je t'en prie, maman. Arrête un peu, fis-je en prenant une cigarette.

Je lui en donnai une également. Elle m'avoua qu'elle ne fumait qu'en ma présence.

Les types au bar commençaient à me filer les jetons. J'avais envie de me lever pour leur dire d'arrêter de me mater. J'avais aussi envie de prendre mes jambes à mon cou. Je me demandais quel effet ça faisait d'être fou.

– Au fait, pourquoi est-ce que je ne suis pas baptisé ?

– Quoi ? s'exclama ma mère.

– Tu ne t'es donc jamais soucié de mon âme ?

– Crois-moi, William, personne à l'église méthodiste de Fort Worth n'a jamais rien pu pour ton âme.

– Je me demande pourquoi je pose la question. C'est vraiment sans importance.

Je commençais à me faire sérieusement du souci : je n'avais peut-être pas d'âme. Sarah m'avait reproché de faire semblant. Elle avait raison. Ma mère et moi passions notre temps à faire semblant. Je faisais semblant d'être Texan, elle faisait semblant de ne pas l'être. Les dîners aux chandelles du dimanche soir me revinrent en mémoire. Peu importait l'endroit où nous habitions, on y avait droit chaque dimanche. Je repensai aussi à la fois où je m'étais fait passer pour l'enfant maltraité du voisin afin de la débarrasser d'un gêneur avec qui elle avait rendez-vous.

– Tu ne fais plus attention à moi depuis tes quinze ans, dit-elle. Et je me suis dit que ton anniversaire serait une bonne occasion de changer d'attitude envers ta pauvre vieille mère. Voilà une bonne résolution.

Ma mère était très friande de résolutions. Je ne lui répondis pas.

— Ne prends pas cette mine sombre, fit-elle en tirant sur sa cigarette. (Elle adorait fumer, de toute évidence.) Il va t'arriver des tas de galères. La pire de toutes, c'est la mort. Ceci étant dit, il n'y a pas grand-chose d'autre à redouter. Quoi qu'il arrive, en vérité, tu n'as que deux options : soit tu prends les choses en mains et tu vis heureux, soit tu les laisses t'échapper et tu es malheureux.

Je finis par la regarder dans les yeux. Elle était séduisante. Elle avait un visage lumineux. Sa peau reflétait la lumière. Pourtant, j'avais toujours du mal à la regarder. Quelque chose dans le coin des yeux. Où qu'elle soit, quoi qu'elle fasse, elle avait toujours l'air perdu – qu'elle réveillonne à Baton Rouge, une coupe de champagne à la main; qu'elle attende d'être placée à table dans un hôtel du New Hampshire plein de lustres en cristal; qu'elle me regarde jouer depuis les coulisses d'un théâtre new-yorkais... Quelque part, le long de sa trajectoire, elle s'était égarée. Ce constat me rendait si triste que c'en était embarrassant.

— Écoute, William, je suis déçue. Je ne peux pas te dire le contraire. J'imaginais une vie tellement plus intéressante que celle que j'ai. Mais qu'y puis-je ? ponctua-t-elle en haussant les épaules avec un sourire.

Peu importe où j'étais, tout me donnait envie de pleurer.

Elle m'offrit deux chemises classiques en espérant que j'aurais l'occasion de les porter. Elle m'obligea à déballer le paquet avec précaution, «comme ça, tu pourras réutiliser l'emballage». Je l'embrassai pour lui dire au revoir. Elle me dit qu'elle aimerait me voir en meilleure forme et qu'elle m'aimait. Je ne parvins à articuler qu'un «merci».

En quittant le Mexico Magico, je fus saisi de panique. Une peur bleue. Il me semblait que c'était la première fois de ma vie. Je pris la 8e Avenue à pas lents et réfléchis. Je dépassai les travestis qui sévissaient autour de Port Authority, des dingos de supporters de hockey qui se frayaient un chemin pour sortir de Madison Square et, enfin, les vrais et les faux déjantés de Greenwich Village. Je ne savais pas à laquelle de ces deux catégories j'appartenais, mais ni l'une ni l'autre ne me disait rien de bon, de toute façon.

17

Samantha portait un Levi's noir moulant et un pull angora rose qui mettait sa poitrine en valeur. Contrairement à ceux de Sarah, les seins de Sam ne tombaient pas. Elle avait également des petites hanches sexy. Elle aimait que je pose ma main dans le creux de ses reins quand on marchait. Cela lui donnait l'impression d'être désirable.

La troisième fille avec qui j'allais coucher en deux semaines… Chez moi, il n'y avait pas d'abat-jour, seulement des ampoules nues. On s'était descendu trois bouteilles de vin dans la soirée. On était plutôt grisés. Je l'ai écoutée me raconter dans le moindre détail les conneries qui lui étaient arrivées depuis notre dernière rencontre, en la regardant droit dans les yeux. Samantha adorait ça. Elle aimait qu'on la prenne au sérieux.

Je commençais à avoir envie qu'elle s'en aille – ça, ou passer tout de suite aux choses sérieuses.

– Tu devrais ranger tes CD dans leur pochette, dit-elle en parcourant ma collection de disques.

– Ouais, sans doute.

– Comment s'appelait-elle déjà ?

– Qui ça ?

Je n'avais aucune envie d'évoquer Sarah.

– Celle avec qui tu sortais ? La fille autiste.

– Sarah, répondis-je.

– Pas vraiment ton style.

Pour Sam, quiconque était, de près ou de loin, différente d'elle ne pouvait pas être mon style.

Elle se mit à faire le tour de la pièce. Elle s'arrêta près du cendrier qui contenait encore un mégot strié de rouge à lèvres. Elle remarqua mes couvertures étalées sur le canapé. Elle remarquait tout. Assis sur ma chaise, j'essayai de garder le contrôle de la situation.

– J'ai entendu dire qu'elle ne baisait pas, dit-elle.

– C'est faux ! On a couché.

Samantha aimait fouiner dans les détails.

– De toute façon, j'y ai pas cru. Je ne peux pas t'imaginer abstinent.

– Elle n'a pas voulu pendant un certain temps, fis-je pour ma défense.

— Pourquoi ? Elle avait décidé de raccrocher ?

Je n'avais vraiment aucune envie de parler de Sarah. C'était la seule chose à laquelle je pensais, mais je n'avais pas envie qu'on m'en parle. L'état d'ébriété dans lequel je me trouvais était le moment le plus savoureux de la journée. Je haïssais les réveils. Je n'avais rien à faire ou, dans le cas contraire, j'annulais tout. J'étais aux prises avec un phénomène bizarre. Ça commençait quelques secondes après le réveil. Le mot « pédé » se mettait à marteler mon cerveau en même temps que mon pouls. Je ne pouvais pas l'arrêter. J'avais même du mal à réfléchir et à faire des phrases complètes. Debout sous la douche, la voix grondait dans ma tête. Je me frappais alors la nuque contre le carrelage. C'était efficace une minute. J'essayais de me remémorer les choses auxquelles j'avais l'habitude de penser avant de rencontrer Sarah. Il fallait que je trouve un moyen d'occuper mon cerveau à autre chose. Les Dallas Cowboys. Staubach, Danny White, Tony Dorsett. Je passais en revue leurs matchs les plus célèbres. Puis, peu à peu, je l'entendais à nouveau. Ma propre voix qui scandait « pédé » à intervalles réguliers. Ça durait toute la journée sans interruption, jusqu'à ce que je sois désespérément soûl. Mon cerveau se remettait alors en place.

Je me suis levé pour rejoindre Samantha. J'avançais lentement de crainte de me casser la gueule. Je m'efforçais de la regarder fixement comme j'imaginais que d'autres pouvaient le faire avant d'embrasser.

— Qu'est-ce qui s'est passé avec ton téléphone ? demanda-t-elle en désignant la pile de pièces détachées enchevêtrées à côté de mon répondeur.

— Je l'ai cassé.

— Pourquoi ?

Samantha n'avait visiblement pas envie de s'envoyer en l'air.

J'ai enlevé mes lunettes. Je n'avais même plus l'énergie de mettre mes verres de contact. Je me suis massé les tempes. Mon cerveau faisait la grande roue.

— Parce que j'étais amoureux, dis-je d'une voix indistincte.

— Tu étais amoureux de Sarah ?

— Ouais.

— Non, c'est pas vrai !

Elle me fixait du regard. Je n'arrivais absolument pas à la distinguer.

— Peut-être. Qui sait ?

Je suis retourné m'asseoir. Je ne voulais pas lui donner l'impression d'être trop soûl, autrement elle renoncerait définitivement à coucher avec moi. Elle essayait au moins de se persuader que lorsqu'on baisait, le courant passait entre nous.

— Comment fais-tu quand t'as un coup de fil à passer ? demanda-t-elle.

— Je me suis payé un autre téléphone. Seulement, je n'ai pas encore eu envie de passer de coup de fil.

— Tu m'as bien appelée…

— D'une cabine.

— Et Sarah, elle n'est pas amoureuse de toi ?

Samantha devenait grave. Ça me mettait mal à l'aise.

— Non.

Elle s'est glissée dans le canapé en face de moi en enlevant les couvertures et d'autres merdes qui traînaient.

— T'es triste ? demanda-t-elle affectueusement, dans un élan de générosité.

— Peu importe.

Je ne pouvais pas la supporter quand elle devenait sentimentale.

— Que s'est-il passé ?

— Sarah m'a dit qu'elle ne voulait plus me voir. Alors j'ai foncé chez elle pour déclamer le monologue de Roméo sous ses fenêtres. Quand je suis rentré, j'ai trouvé un message sur mon répondeur disant que si je continuais à rôder autour de chez elle, elle appellerait les flics.

C'était l'exemple même de sujet que je voulais éviter. Ça faisait tragique.

J'étais allé jusque chez Sarah la semaine précédente et m'étais à nouveau posté au pied de son immeuble en m'adressant à la fenêtre éclairée. Elle n'était pas seule. Il y avait une femme avec elle. Je les imaginais en train de parler de moi. « Mais qu'est-ce qui t'a pris ? demandait son amie. – J'en sais rien », répondait Sarah en essayant de se retenir de rire.

Je voulais qu'elle se souvienne de moi. Je ne voulais pas la quitter en pleurnichant. Je voulais qu'elle se rende compte que c'était elle la perdante, pas moi. Je ne voulais plus être faible. J'étais au beau milieu de la 9e Rue à 2h du matin et je m'apprêtais à mettre mon plan à exécution.

— *"Quelle lumière jaillit par cette fenêtre ? Voilà l'Orient et Juliette est le soleil ! Lève-toi, belle aurore, et tue la lune jalouse !"*

Une montée d'adrénaline me donna le vertige.

Son amie s'approcha de la fenêtre, regarda dehors et se retourna pour lui parler. D'autres personnes passèrent également la tête dehors.

— "*Parce que toi, sa prêtresse, tu es plus belle qu'elle-même! Ne sois plus sa prêtresse, puisqu'elle est jalouse de toi; sa livrée de vestale est maladive et blême, et les folles seules la portent.*"

J'avais vraiment bien déclamé ce dernier vers. Sarah s'approcha de la fenêtre. J'étais terrorisé, mais rien ne pouvait m'arrêter.

— "*Voilà ma Dame! Oh! Voilà mon amour!*" ai-je dit en montrant Sarah du doigt. "*Oh! Si elle pouvait le savoir!…*"

Des feuilles mortes étaient amassées dans le caniveau. J'ai donné un coup de pied dans le tas.

Sarah a posé la main sur l'épaule de son amie. Puis elles se sont éloignées de la fenêtre. Je ne pouvais plus les voir, mais ça m'était égal. Je me sentais mieux.

— "*Voyez comme elle appuie sa joue sur sa main! Oh! Que ne suis-je le gant de cette main! Je toucherais sa joue!*"

En disant ces vers, j'espérais secrètement être en train de décrire sa position, comme par magie.

— "*Oh! Parle encore, ange resplendissant!*"

Je connaissais la suite, mais je sentais que c'était le moment d'arrêter. Je commençais à me couvrir de ridicule, de sifflements et d'insultes. Il fallait que je la boucle, mais je vous assure que j'ai clairement entendu quelqu'un applaudir.

– Ohé Sarah ! Ohé Sarah !

Elle ne revint pas à la fenêtre.

– Tu ne pourras pas dire que je suis parti sans fracas ! Ça, certainement pas !

Je tournai les talons. Je ne m'étais jamais senti aussi bien depuis mon retour de Paris. « Elle s'en souviendra toute sa vie », me dis-je. Je rentrai chez moi à pied, fier comme un paon.

À mon arrivée, je trouvai un message.

– Euh… William, c'est moi, faisait la voix tremblante. Si tu veux me parler, ce n'est pas la bonne approche. J'ai peur de sortir de chez moi maintenant. Je t'en prie, ne reviens plus… Au revoir.

Je l'ai rappelée :

– Je n'avais pas l'intention de te faire peur. Je voulais juste te dire au revoir dans la langue la plus belle que je connaisse.

– Au revoir, dit-elle avant de raccrocher.

J'ai raccroché à mon tour. J'ai pris le téléphone à deux mains et l'ai envoyé se fracasser contre le mur. Le combiné s'est cassé en trois et les touches ont volé en éclats.

– Quelle salope ! dit Samantha, assise sur le canapé, les jambes croisées dans une position avenante. (Les courbes de ses fesses étaient avantageusement moulées dans son jean.) Si quelqu'un venait faire ça sous mes fenêtres, j'en aurais le cœur brisé.

– Ah ouais ? fis-je, voulant profiter de la brèche.

Mieux valait s'y mettre tout de suite, sinon on allait y passer la nuit. Je m'avançai prudemment vers le canapé pour l'embrasser. L'espace d'un instant, j'ai pensé lui dire que je l'aimais, mais elle risquait de le croire. Je déposai un baiser sur son cou et sur le bout de ses seins. J'essayais d'y aller doucement. Samantha devient distante quand elle se dit qu'on ne pense qu'à la sauter.

– Tu as eu de ses nouvelles depuis ? demanda-t-elle en me repoussant.

L'un des inconvénients majeurs avec Sam, c'est qu'elle parle constamment avec deux décibels au-dessus de la limite supportable.

– Non, fis-je en essayant de déboutonner son jean élégamment.

– Allons sur ton lit, dit-elle en me prenant la main.

– Je n'ai pas de lit.

– Comment ça ?

– Je l'ai bazardé par la fenêtre.

Je n'avais pas envie de parler de cet épisode non plus. Ça s'était passé le soir du fiasco avec *Roméo et Juliette.*

— Pourquoi t'as fait ça ? demanda Samantha en s'éloignant définitivement de moi.

— Il ne me plaisait plus.

Sans lunettes, je ne distinguais absolument aucune de ses expressions.

— Oh, mon Dieu ! s'écria-t-elle.

Visiblement, mon instabilité la rendait inquiète. Elle revint sur le canapé et m'embrassa sur la bouche. Puis, son jean toujours déboutonné, elle ondula des hanches pour éteindre toutes les lumières. J'avais envie de me tirer. Je m'accroupis sur le canapé avec le sentiment d'être un môme de huit ans. Tout me donnait l'impression d'avoir huit ans, de toute façon. Le problème, c'est que je savais que je ne les avais pas.

J'ai commencé à l'embrasser. Je me suis mis à baisser son jean. J'ai enfoui mon visage entre ses seins. Elle a défait la fermeture Éclair de mon pantalon et a donné le coup d'envoi. Fellation directe ! Je me suis dit : « Impossible de savoir si c'était un mec ou une nana. » Alors je l'ai hissée jusqu'à moi pour lui embrasser les yeux, les joues, les dents. J'ai respiré le parfum de ses cheveux. J'ai caressé son corps. Samantha voulait baiser. Elle n'était pas en train de me faire une putain de faveur. Elle n'avait aucune envie de parler. Je haïssais Sarah. J'ai retourné Samantha, ai fait glissé sa culotte et ai commencé à la prendre.

— T'as un préservatif ?

J'ai toujours trouvé que c'était une façon idiote de dire « capote », même de la part de Sarah. Aucun mot ne peut rendre la chose jolie à mon avis.

— Ouais, ouais… deux secondes, fis-je en me précipitant dans la salle de bains.

J'essayai de me dépêcher parce que j'avais peur de perdre mon érection. Je savais que si je débandais, ça ne reviendrait pas, et je n'étais pas certain de pouvoir affronter le dilemme. Entre l'absence de lunettes et l'obscurité, je n'y voyais absolument rien. J'ai allumé. Les capotes étaient juste à côté des tampons de Sarah. Je n'en revenais pas que ce soit la seule chose qu'elle m'ait laissée. Ça me plaisait bien. Je me dis que si quelqu'un entrait, il les verrait et penserait que j'avais une petite amie.

Je déchirai l'emballage de la capote et eus toutes les peines du monde à l'enfiler. J'étais à mi-chemin quand je décidai d'abandonner. Je la jetai aux toilettes et remontai ma braguette. Je retournai au salon en trébuchant. J'avais vraiment la nausée. Je salivais malgré moi. Samantha était toujours à genoux, les fesses en l'air sur le canapé. La tête posée sur un coussin.

— Va falloir partir.

J'aurais voulu être plus agréable, mais je ne savais pas comment. Je m'avançai jusqu'à elle, pris sa culotte et la lui tendis.

— Qu'est-ce que tu me chantes?

— Je hais les capotes.

— T'en fais pas pour ça, répondit-elle gentiment.

— T'as aucune envie d'être ici de toute façon.

— Bien sûr que si!

Elle essayait à nouveau d'être câline. Je tâtonnai pour trouver mes lunettes en me disant qu'elles me donneraient un air plus sensé. Je me les mis sur le nez.

Elle était debout devant moi. Nue. Samantha n'a aucune pudeur. Elle était très belle. Je m'en voulais à mort. Je n'arrivais pas à comprendre pourquoi elle était toujours aussi incroyablement gentille. J'avais envie de lui faire mal, de lui prendre le visage et de lui faire subir quelque chose d'affreux.

— Écoute Sam, fais-moi plaisir et vas-t'en. Je suis incapable de m'occuper de qui que ce soit. Je t'appelle demain.

— Mais je veux te parler, dit-elle en me touchant le visage.

Je tressaillis.

— Je t'appelle demain, dis-je à nouveau.

On est restés un moment dans les bras l'un de l'autre. Elle était toujours nue.

— J'ai vraiment envie d'être seul.

— Seigneur! fit-elle en enfilant subitement ses vêtements.

Elle prit son sac et sortit sans fermer la porte.

Dès qu'elle fut partie, je la regrettai. Je voulais lui courir après et lui demander pardon. J'avais tant de choses à me faire pardonner. J'avais l'impression d'avoir révélé le meilleur de moi-même à Sarah et qu'elle l'avait gardé.

Je refermai la porte avant de retourner dans la salle de bains. J'étudiai mon reflet dans le miroir. Je portai un pull gris. On aurait dit que mes yeux saignaient derrière mes lunettes. Je ne m'étais pas rasé depuis des semaines. Ma barbe était plus fournie à gauche qu'à droite. Je me demandais si ça signifiait quelque chose. J'avais la bouche de mon père. Je commençais aussi à avoir le même regard vague qui m'avait frappé chez lui.

La dernière fois que je l'ai vu, j'avais sept ans. Nous étions à l'aéroport de Dallas Fort Worth, le jour de Noël. J'avais un étui à guitare rempli de pistolets. Les agents d'aéroport n'avaient pas voulu me les laisser embarquer en bagage à main. J'avais dû dire au revoir à mon père avant le détecteur à métaux.

– Sois tranquille, fiston, je vais aller les enregistrer, dit mon père, et s'ils refusent, je te les enverrai par la poste.

– D'accord, fis-je.

Une hôtesse de la compagnie, en uniforme rouge, m'attendait de l'autre côté.

– Je te promets que tu les récupéreras, ajouta mon père en se penchant sur moi, l'étui à guitare à la main.

– J'aimerais bien.

– Les Cowboys jouent dimanche. Ne rates pas le match !

– Entendu.

J'adorais les Cowboys.

– C'est notre année, fit mon père en souriant.

– Je sais.

Je n'avais pas envie de parler. Je n'avais pas envie de retourner chez ma mère.

– Très bien, Willie, bon courage. On t'aime.

Je me demandai qui était ce «on». Je me rappelai alors sa nouvelle femme. Elle était juste derrière lui. Il l'aimait beaucoup.

— Ne laisse jamais trop de distance entre ton cœur et le Texas, dit-il en me donnant un coup de poing dans la poitrine.

Ça me parut soudain assez poétique de la part d'un conseiller en gestion.

On s'était embrassés. J'étais passé au détecteur, puis l'hôtesse en rouge m'avait escorté jusqu'à la porte d'embarquement. Elle voulait absolument me tenir la main. Moi, ça m'emmerdait. Je pensais ne pas avoir besoin d'être escorté où que ce soit. Je savais lire les panneaux. Je me retourné et j'ai vu mon père me faire signe, mon étui à guitare dans une main, sa nouvelle femme dans l'autre.

Je songeai à appeler mon père pour lui dire que mon cœur ne s'était jamais trop éloigné du Texas et à quel point ce conseil n'était qu'un ramassis de conneries.

Je suis allé dans la cuisine me servir un verre d'eau. En me penchant au-dessus de l'évier, je me suis cogné la tête à l'un des placards. Je me suis mis à taper dessus comme un malade. J'ai frappé et frappé du poing jusqu'à m'ouvrir les articulations. J'ai arraché un placard du mur. Puis un autre. Ma main me faisait un mal de chien. Je n'avais qu'un désir, me la casser. Je voulais qu'il y ait débat, que les gens se demandent : « Que s'est-il passé ? » et répondre : « Vous avez comme je suis fort ? Je me suis cassé la main moi-même ! »

Je suis allé me laver dans la salle de bains. Je respirais en haletant, mais je ne pleurais pas. Le sang giclait partout. Mon reflet en restait bouche bée. J'ai pris une grande inspiration et me suis vu avec un horrible rictus. J'étais sur le point de briser le miroir. Je me suis arrêté. J'ai tourné lentement mon poing pour plaquer ma main sanguinolente contre mon reflet.

L'envie de parler à mon père devint soudain irrésistible. Je me fichais de l'heure qu'il était. Je voulais l'appeler pour lui dire qu'il était Benedict Arnold[6]. J'enrageais qu'il ne m'ait jamais demandé de venir vivre avec lui. Je me disais qu'après l'avoir envoyé au diable, je me sentirais peut-être mieux.

Je n'avais pas son numéro. Il fallait que je passe par ma mère. J'étais sûr qu'elle l'avait gardé.

Je suis retourné à la cuisine en marchant sur des morceaux de porte et j'ai déballé mon nouveau téléphone.

---

6. Révolutionnaire et patriote américain, fondateur de West Point, qui fut considéré comme un traître quand, en 1780, aux commandes du fort, il voulut se rendre aux Anglais.

De ma main valide, je démêlai les fils. Il y avait du sang sur les murs blancs et sur le parquet. Des lambeaux de chair pendaient de mes doigts.

J'ai branché le téléphone avant de fouiller partout à la recherche du numéro de ma mère. Elle déménageait tellement souvent qu'il était impossible de suivre sa trace.

C'est son copain qui m'a répondu, d'une voix ensommeillée. J'ai reposé le combiné de la main gauche. Puis, délicatement, j'ai remis le téléphone à sa place. Pas question d'en casser un autre. Je ne pourrais plus appeler personne.

Ma main droite pendait dans le vide. Avant de réfléchir à ce que j'étais en train de faire, je me suis retrouvé avec le combiné coincé sous le menton en train de composer le numéro de Sarah.

« Si je tombe sur son répondeur, je raccroche. Si elle répond, je m'excuse d'appeler si tard et lui dis que je perds la tête. » Je suis tombé sur le répondeur, mais je n'ai pas raccroché. Sa voix sur le message était tellement charmante...

– Salut, c'est moi... William. (Je ressentais une telle douleur dans la main que j'en avais du mal à respirer.) Tu es là ?... Tu es là ? Ah... bon. Désolé d'appeler si tard. Passe-moi un coup de fil à l'occasion. Joyeux Thanksgiving.

J'en ai déduit qu'elle n'était pas là. En raccompagnant Samantha par Little Italy, j'étais passé par chez Sarah et je n'avais pas vu de lumière. Je me disais qu'elle ne se fâcherait pas de me voir sous ses fenêtres en compagnie d'une autre fille. Ça prouverait que je ne la harcelais plus. Et puis, Samantha était mieux que Sarah, et l'idée qu'elle me voie prendre du bon temps ne me déplaisait pas.

J'ai rappelé immédiatement après avoir raccroché. C'était merveilleux d'entendre à nouveau le répondeur diffuser sa voix calme et douce.

— Salut, désolé de laisser un nouveau message. Je voulais juste te dire que je savais qu'il y avait une possibilité que tu ne veuilles plus me parler. Si c'est le cas, ne t'inquiètes pas. Nous parlerons en temps voulu. À bientôt.

J'ai raccroché. Satisfait de mon message. Je m'efforçais d'avoir l'air normal et rationnel. Elle serait plus encline à me rappeler. Sauf que j'ai réalisé d'un coup qu'en lui laissant cette possibilité, elle risquait d'en profiter pour ne jamais me rappeler! Je l'ai donc rappelée immédiatement.

— Hé! c'est encore moi! Absurde, non? (J'étais toujours assis au milieu des décombres, sous la lumière aveuglante de la cuisine.) Je viens de réaliser que tu n'allais pas me rappeler. Pourtant tu devrais. Enfin, j'aimerais que tu le fasses, ce serait sympa. Je sais que t'en as rien à foutre d'être sympa, mais quand même. (Je fixais l'ampoule de la cuisine à m'en brûler la rétine.) Je suis sorti avec une fille ce soir. Tu sais, Samantha ? Tu te souviens ? Je sais que tu ne l'aimes pas trop, parce que ses salades ne sont pas hautement spirituelles, mais elle est vraiment intelligente, tu sais. Tu ne devrais pas croire qu'une belle fille est forcément bête, parce que ça ne marche pas comme ça. Tu m'as toujours donné l'impression d'avoir des complexes par rapport à ce genre de conneries. (Je commençais à me fatiguer. Et je craignais de dégueuler.) En fait, peut-être que tu essaies d'être super intelligente, parce que tu n'es pas jolie. Mais t'as tort, moi je te trouve très jolie. C'est pas que je crois que tu sois follement attentive à mes conseils ou à mes remarques, mais toujours est-il que Samantha m'attire vraiment beaucoup, qu'elle est intelligente et qu'on a pris du bon temps ensemble. (Je savais que je débitais n'importe quoi, mais je ne pouvais pas me résoudre à raccrocher.) Ça m'a permis de prendre du recul par rapport à nous, tu sais. Tu me manques moins. Je ne suis pas une espèce de fou à lier qui te poursuit, alors, pas la peine de flipper et d'appeler les flics. Rappelle-moi, c'est tout. Ce serait cool, tu comprends ? Je sais que je ne suis probablement pas en haut de la liste des gens à qui tu veux faire plaisir, mais… oh… Passe-moi un coup de fil… J'ai vraiment besoin de parler à quelqu'un. (Je m'interrompis un moment et explorais la cuisine du regard. Je fus aveuglé par l'ampoule du plafond que je voyais en cinq ou six dimensions.) Tu sais à quoi je pensais l'autre jour ? Tu te rappelles comme tu voulais toujours marcher sur le trottoir et moi dans le caniveau pour qu'on soit à hauteur égale ? Ben, c'est complètement con. Tu ne devrais pas faire ça. Je suis plus grand que toi et tu n'as qu'à l'admettre, un point c'est tout. Bon… Écoute, j'ai pas envie de raccrocher parce que je sais qu'aussitôt après je vais me sentir vraiment nul. Alors, s'il te plaît, rappelle-moi, sinon je vais probablement me suicider – non, *je ne vais pas* me suicider. Tu vois, le problème avec toi, c'est que tu n'as aucun sens de l'humour. C'est ce qui me rendait toujours dingue. Alors, tu m'appelles, compris ?… Je vais raccrocher… Salut.

J'ai reposé le combiné. J'ai fermé les yeux. J'ai décidé de la rappeler une dernière fois pour lui faire toutes mes excuses et lui dire combien j'étais désolé de l'avoir appelée.

Sauf que, cette fois, elle a décroché.

— William, il faut que tu arrêtes de me téléphoner, fit-elle, catégorique.

J'en eus le souffle coupé. Quelle humiliation !

— Je croyais que tu serais chez ta mère pour Thanksgiving, dis-je enfin.

— Il est 3 h 38 du matin. On est dimanche. Thanksgiving, c'était jeudi.

— Ah ouais, fis-je. Ça me revient.

Il y eut un long silence.

— Écoute, j'avais juste l'intention de te rappeler pour m'excuser. Je suis assez bourré.

— Pourquoi tu ne vas pas te coucher ? suggéra-t-elle.

J'étais si heureux qu'elle me témoigne enfin un peu de compassion !

— Je n'arrive pas à dormir. J'ai beaucoup pensé à toi ces derniers temps et j'étais…

— William, je suis touchée que tu aies pensé à moi, mais on ne va pas en parler maintenant. Ni pendant un certain temps, d'ailleurs.

— Ouais, tu as raison.

J'aurais approuvé n'importe quoi.

— D'accord, alors au revoir, fit-elle avant de raccrocher.

J'ai maintenu le combiné coincé entre mon épaule et mon oreille jusqu'à ce que la tonalité résonne en continu.

Alors, de la main gauche, j'ai fracassé le téléphone par terre jusqu'à l'anéantissement total des touches, des boulons et des fils. Tout a sauté sur le parquet. Ça ne ferait que le troisième en trois semaines.

Le silence de ma chambre était assourdissant.

Puis, c'est reparti. Au rythme syncopé du métronome du sang qui affluait à mes tempes, la voix a résonné : «Pédé».

J'ai tenté de me relever, mais avec ma main foutue, j'avais du mal à maintenir mon équilibre. J'ai glissé sur le sang qui maculait le sol de la cuisine. Finalement, j'ai marché comme j'ai pu jusqu'à la salle de bains. Je me suis penché au-dessus de la cuvette des toilettes. J'y ai enfoncé ma tête. La capote flottait toujours à la surface. Je me suis relevé pour me regarder à nouveau dans le miroir. Je m'étais débrouillé pour avoir du sang partout – sur le visage, dans les cheveux, sur le cou. Je me suis vu dans la robe de Sarah. Je voyais l'imprimé à fleurs vertes, les bretelles ; on aurait dit que j'avais de la poitrine.

Le silence est devenu strident. «Pédé», «Pédé» martelait la voix dans ma tête.

J'ai trébuché en regagnant ma chambre. Je n'avais plus de lit, le sol était vide. Juste un rectangle de poussière autour de l'emplacement du matelas. Le parquet, comme soulevé par des vagues, faisait de légers remous. J'ai levé la tête au plafond en attendant que ça cesse. La sensation de vacillement est passée peu à peu, le cri strident s'est transformé en bourdonnement continu. J'ai parcouru la pièce du regard. Un certain nombre d'objets étaient éparpillés sur le sol : trombones, crayons cassés, cassettes non renseignées; des petits trucs que je ne me souvenais même pas d'avoir perdus. Je pouvais voir par la fenêtre. On aurait dit qu'il ne restait plus que trois ou quatre sources de lumière dans toute la ville. Je bougeais lentement. J'ai pris un T-shirt, l'ai enroulé autour de ma main et je me suis agenouillé par terre. Bien que je ne sois ni catholique ni rien d'autre, j'ai décidé de prier.

18

– Oh, mon Dieu ! furent les premiers mots de Samantha quand je me suis pointé à la porte de son dortoir le lendemain matin.

Elle m'a conduit à l'infirmerie de la fac et, le temps que l'infirmier me fasse dix-sept points de suture, elle semblait m'avoir pardonné le fiasco de la veille. C'était la nature même de notre relation.

La première fois que j'ai couché avec Samantha, c'était dans la chambre des parents de Wendy Engelhardt. Wendy avait organisé une *cocktail party*. Samantha et moi avons filé au premier, alors qu'on nous avait expressément interdit d'y aller. Là, on a mis notre plan à exécution. Sam portait, pour l'occasion, un soutien-gorge en dentelle mauve avec culotte et porte-jarretelles assortis.

Elle avait seize ans. Elle disait vouloir être mignonne. Je le lui confirmai. Pour ne pas salir les draps des parents de Wendy, on s'est allongés sur l'édredon. J'étais si tendu que j'arrivais à peine à la toucher, et encore, maladroitement et sans douceur. Après avoir lutté un moment sur le lit, on est arrivés à trouver la bonne position. J'étais couché sur elle, mes jambes entre les siennes. Je savais qu'il y avait une capote dans la poche de mon jean, par terre. J'ai regardé Samantha.

— Est-ce que tu m'aimes ? a-t-elle murmuré d'une voix sensuelle. Est-ce que tu m'aimeras toujours ? Me rendras-tu heureuse pour le restant de mes jours ? Est-ce que tu m'emmèneras pour m'épouser ?

Elle m'a adressé un petit sourire narquois. C'était tiré des paroles d'une chanson de Meat Loaf qu'on aimait tous les deux. Je l'ai embrassée et je l'ai pénétrée avec la force brutale d'un char d'assaut.

Après avoir joui, on est restés étendus à écouter les sons étouffés qui provenaient de la fête au rez-de-chaussée. On ne savait absolument pas quoi se dire. Je lui ai demandé si ça lui avait plu. Elle a répondu que ça faisait mal, mais qu'elle avait bien aimé quand même.

Un copain est venu frapper à la porte pour me demander de descendre jouer au foot. J'ai interrogé Samantha du regard. Elle a souri.

— T'es sûre ?

— Si tu en as envie.

— Je reviens tout de suite, ai-je fait en sautant du lit.

Après m'être rhabillé, je me suis rué en bas, la laissant toute seule. J'ai avalé quelques bières avant de dire aux copains que je venais de me faire dépuceler. Je me suis toujours senti dégueulasse par rapport à cette soirée. C'était la première fois qu'on couchait, l'un comme l'autre. C'est aussi la première fois que Sam est tombée enceinte.

J'avais accepté de passer le réveillon de Noël avec elle. En grande partie pour ne pas avoir à le passer avec ma mère. On était chez Wolf's près de la cathédrale St Patrick en attendant la messe de minuit. Je portais une vieille veste brune en velours côtelé doublée de flanelle rouge, un pantalon usé en laine verte et un pull en cachemire noir emprunté à Samantha. Sam était sur son trente et un dans une robe fourreau qui lui allait comme un gant. Elle avait tiré ses cheveux en arrière. J'avais encore des points de suture à la main droite. J'avais raté mon rendez-vous pour me les faire enlever, alors je tirais les fils moi-même. Ces derniers temps, je me sentais incapable de regarder qui que ce soit dans les yeux. Je faisais en moyenne cent voyages par jour à la salle de bains. Mon seul réconfort était de contempler la poitrine de Samantha se soulever au rythme de sa voix.

— Je suis allée consulter une voyante il y a deux jours, me dit-elle. Une petite vieille, une gitane, sur la 128ᵉ Rue. Et devine ce qu'elle m'a demandé en premier ?

Samantha parlait toujours une octave au-dessus, même quand elle essayait d'être grave. Je n'ai pas répondu à sa question. J'étais en train de me toucher les dents. Elles me faisaient mal. Quelque chose qui m'empêchait de fermer la bouche correctement.

— Dès que je me suis assise, elle m'a demandé ce qui était arrivé à mes enfants.

Les yeux de Samantha se remplirent de larmes. Je ne voulais pas la voir pleurer. Ça lui arrivait tout le temps et ça me faisait toujours autant chier. J'étais tellement fragile émotionnellement que j'étais incapable de supporter la moindre démonstration de sentiments.

— Je lui ai dit que je n'avais pas d'enfants, poursuivit-elle. Et la gitane m'a répondu : "Bien sûr que non, ils sont morts."

Samantha fit une pause. Des larmes perlaient au bout de ses cils.

— Je lui ai raconté les avortements et elle m'a affirmé qu'elle pouvait voir les esprits de nos deux enfants flotter au-dessus de moi. Ça m'a flanqué la trouille.

Deux larmes coulèrent. Elle s'empressa de les essuyer. La taille de ses larmes était incroyable. Des perles géantes. Chacune était comme sculptée en une bulle parfaite, digne d'un film des années 1940.

— T'y crois, toi? Sans déconner. T'imagines? (Sam se retenait de toutes ses forces de ne pas avoir l'air trop sentimental.) Je vais la voir pour savoir si oui ou non je dois continuer avec toi ou si je vais réussir mes examens. Enfin, ce genre de trucs, tu vois. Et elle me sort que j'ai deux enfants morts à mes basques.

Je n'ai rien dit. Je savais qu'elle attendait une réaction, mais j'étais dans l'incapacité totale de lui en fournir une. C'était vraiment la dernière des conversations que j'avais envie d'avoir. Je jetai un regard circulaire à la salle du bistro. Certaines familles s'étaient habillées spécialement pour Noël.

— Quand tu m'as brisé le cœur, j'ai dégusté pendant assez longtemps, fit Samantha en se tamponnant les yeux à l'aide de sa serviette en papier.

— Désolé.

— Tant mieux.

On a gardé le silence pendant un moment. Le bistro était bruyant. Les serveurs s'affairaient dans tous les sens, chargés de grands plats de dinde et de purée de pommes de terre. On s'est contenté de cafés. Ces derniers temps, j'avais pris tous mes repas dans un bouge, un fast-food sur la 1re Avenue, le Burritoville. Je me suis remis à tripoter mes dents.

— J'aimerais que tu me parles, dit Samantha.

Je haussai les épaules.

— Tu ne trouves pas ça bizarre, ce que la gitane m'a dit ?

— Ouais, fis-je en hochant nonchalamment la tête.

Je renversai du sel sur la table et essayait de faire tenir la salière en équilibre sur un de ses côtés. Samantha me regardait.

— Tu peux arrêter, s'il te plaît ? dit-elle.

Je reposai la salière et fit disparaître les grains de sel en soufflant dessus. Ils atterrirent presque tous malencontreusement sur ses genoux.

— William ? fit Samantha en souriant. Tu ne m'aimes vraiment pas, n'est-ce pas ?

Son mascara avait coulé. Elle avait un air dramatique.

– J'en sais rien, dis-je.

– Tout ça est assez tordu, tu sais ? Parce que je suis plutôt du genre féministe et tout ça. C'est vrai, je le suis. J'ai envie d'être moi-même et de mener ma propre barque. Je fais des études et tout le tralala. Mais je te vois et je veux prendre soin de toi. Je pourrais être femme au foyer et cirer le parquet pour toi, tu sais ? Si tu voulais vraiment un enfant, j'en ferais un. Je veux dire par là que ça me plairait.

Je gardai le silence. Je ne savais pas pourquoi elle faisait ça. Elle me regardait fixement. Elle attendait une réponse. Puis elle se détourna. Je savais qu'elle allait s'énerver.

– T'es la personne la plus égoïste que je connaisse, dit-elle.

J'acquiesçai doucement.

– Si Sarah t'appelait demain, tu ressortirais avec elle ?

Elle attendait que j'ouvre la bouche. J'aurais préféré qu'elle ne prononce pas le nom de Sarah.

– Elle m'appellera pas.

Je levai les yeux et lui fit un sourire de fausset. J'avais envie d'être gentil. Vraiment. Sarah me manquait comme sa jambe à un unijambiste. Je voulais lui parler. J'avais envie de passer Noël avec elle et sa mère. Je me demandais si elles iraient à l'église ce soir. Je me demandais si St Patrick ressemblerait à Notre-Dame.

Eh bien non. St Patrick était plutôt magnifique. Beaucoup de vitraux. Beaucoup de sculptures d'apôtres, beaucoup de merdes dans le genre. Mais alors, un manque total de dignité. De la porte d'entrée à l'autel, deux rangées de colonnes étaient surmontées d'écrans de télévision qui diffusaient la scène de la nativité grandeur nature. En pénétrant dans l'église, on ne voyait que ça. Une télévision après l'autre, avec la même imagerie de conte de fée. Une espèce de palais des glaces chrétien. La naissance du Christ sauce real-TV.

Je tenais Samantha par la main, les yeux rivés sur ses hanches, et me laissais guider en godillant parmi la foule qui cherchait où s'asseoir.

Une fois installés, on a enlevé nos manteaux. On ne s'était pas adressé la parole depuis qu'on avait quitté le bistro. Il faisait trop froid dehors pour parler. En revanche, dans l'église, les conversations étaient animées. Je regardai Sam. Elle éclata en sanglots et fut prise de violents soubresauts. Je l'enlaçai et essuyai ses larmes de mes baisers. On s'est embrassés ouvertement. Elle portait une robe de satin blanc brodée de dentelles crème. Elle était ravissante. Son mascara avait coulé, elle ressemblait à une petite fille qui aurait joué avec le maquillage de sa maman. Tout à coup, je fus pris d'un élan envers elle. Je glissai mes mains sous sa robe. Les églises éveillent toujours le désir en moi.

— Arrête, murmura-t-elle.

Elle me donna un baiser chaste sur la joue. Son visage était inondé de larmes. Elle était outrageusement éblouissante. Elle tira un vieux paquet de mouchoirs de son sac et essuya le noir qui nous avait bavé sur le visage.

— Barrons-nous d'ici, fis-je.

Samantha ne répondit pas. Elle se remaquillait dans son miroir de poche.

La messe n'avait pas commencé que je me sentais déjà incapable d'y assister. Je me dis que j'aurais mieux fait d'aller aux chiottes avant de quitter le bistro.

Samantha faisait des signes de tête polis à tous ceux qu'elle croisait. Je n'arrivais pas à trouver une position confortable. Le banc me comprimait douloureusement le cul, mon portefeuille me perforait le postérieur.

Des sons de cloches se mirent à résonner. L'assemblée fut instantanément réduite au silence.

— Que le Seigneur soit avec vous, énonça quelqu'un.

— Ainsi soit-il, répondit l'église en écho.

Un vrai cauchemar. J'étais excité comme une puce. On n'arrêtait pas de se lever et de se rasseoir. J'avais espéré m'endormir, mais avec toute cette agitation, même pas la peine d'y penser.

Quand est venu le moment de chanter, Samantha m'a passé son psautier. Il était hors de question que je chante. Je laissai pendre ma main et, à l'occasion, la baladait sur ses fesses. J'avais envie de la peloter ici même, à l'église. Je sentais des centaines d'yeux sur mon dos. Puisqu'il m'était impossible de me volatiliser, j'avais envie de les provoquer. Je me demandais comment ils réagiraient si je me mettais à pisser au beau milieu de l'office.

Le prêtre grimpa en chaire. Sa sale petite tronche ridée apparut sur dix mille écrans de télévision. Pas moyen d'échapper à son regard pontifiant. Je fixai le mien sur les genoux de Sam. Impossible de le regarder. Je ne pouvais regarder aucun homme.

Samantha possédait la qualité essentielle de ne ressembler sous aucun angle à un homme.

Les hommes me terrifiaient.

— Ne craignez pas d'être innocents, furent les premiers mots du prêtre.

Sa voix tonna à travers l'église, relayée par les haut-parleurs. J'ignorais que les églises étaient à ce point équipées.

Samantha se mit à tracer des formes sur ma cuisse d'un doigt caressant. J'essayai de l'embrasser. Mais il y avait trop de monde autour de nous. Même elle était gênée. Je la désirais trop. Le banc tremblait légèrement au rythme de la voix du prêtre. Samantha défit le premier bouton de mon pantalon et me chatouilla le ventre. Je m'empressai de défaire les autres. Elle se pelotonna contre moi et glissa sa main par ma braguette. Je la tenais enlacée en lui mordillant l'oreille. Elle gloussait de plaisir.

Au bout de notre rangée, un homme avait revêtu l'attirail complet des New York Giants. Il était assis dans un fauteuil roulant. Il bavait, n'avait aucun contrôle de ses mains, mais était en extase. On sentait que les mots, la musique, toute cette communion de gens peut-être, le comblaient de joie. Je me suis dit qu'il aurait dû prêcher à la place du petit rat.

Le prêtre parla de fraternité et aussi de l'érable. L'arbre. Je ne voyais pas le rapport, mais, apparemment, tous les gens du monde étaient comme les feuilles de l'érable, tous au fond très différents, mais feuille, indéniablement. Grand amateur de ragtime, mon père avait l'habitude de jouer *Maple Leaf Rag*[7] au piano. J'aurais préféré entendre ça.

Puis, le prêtre embraya sur des mots tels que «pécher», «déviance», «haine», «ignorance», «mensonge», «tromperie», «diable», «jalousie», «peur». Je m'efforçai de ne pas écouter pour me concentrer sur les doigts de Samantha.

– N'ayez pas peur de la compassion, fut le mot de la fin.

Il y eut un murmure d'approbation dans la foule, mais j'avais du mal à comprendre comment et en quoi tout cela était relié au Noël originel. Quand il fallut à nouveau chanter, j'étais exaspéré.

Sam a retiré sa main pour prendre le livret. Elle m'a fait signe de me lever. Elle ne comprenait décidément rien à rien. Je ne pouvais pas me lever, j'étais en pleine érection!

Le temps que je réalise ce qui se passait, les gens se serraient joyeusement la main tout en se souhaitant «la paix du Christ». J'eus l'impression de voir une forêt s'enflammer. Je me dépêchai de refermer mon pantalon. J'attrapai la main de Samantha pour l'entraîner vers l'allée centrale.

– Qu'est-ce qui te prend?
– Sortons d'ici ou je vais crever.

---

7 «Rag de la feuille d'érable», de Scott Joplin.

J'avançai péniblement en me frayant un passage à travers la foule. Au bout de notre rangée, je me suis retrouvé nez à nez avec le type en fauteuil roulant. Il m'a agrippé le bras d'un geste vicieux. Il avait un large sourire et un strabisme prononcé. Je baissai les yeux sur lui.
— La paix du Christ, me dit-il.

Dehors, quelques flocons de neige commençaient à tomber. L'air glacé me picotait le nez et les yeux. Quand Sam apparut entre les lourdes portes de l'église, elle était livide. Postée en haut des marches, elle inclina la tête dans ma direction. Son visage et ses mains étaient marbrés par le froid. Elle tenait son sac à la main en le laissant pendre le long de son flanc. De l'autre, elle tenait son manteau. J'espérais qu'elle allait l'enfiler.
J'étais quelques marches devant elle.
— Il faut que tu comprennes bien une chose, dis-je. Pendant trois minutes et demie, j'ai cru au destin. J'ai cru que j'en avais un.
J'avais la voix rauque et éraillée d'un vieillard et je serrais les poings à cause du froid.
— Écoute-moi bien, William. (Samantha grelottait.) J'ai vraiment passé beaucoup de temps à me dire qu'au fond tu étais un mec bien. Je m'aperçois maintenant que c'est faux.

Elle leva la tête vers le ciel et s'habilla.

— J'espère que tu te doutes que je ne vais pas coucher avec toi ce soir, poursuivit-elle en remontant son col sur les oreilles.

Elle a fait un pas pour descendre, mais, avec ses talons, a dérapé sur une plaque de verglas. Je lui ai offert mon bras. Elle l'a accepté et on a descendu les marches de la cathédrale. On a croisé quelques retardataires pressés qui voulaient grappiller quelques minutes de messe.

On a remonté la 6e Avenue. Elle était pleine de putes. Je n'arrivais pas à croire qu'elles travaillent le soir du réveillon.

À la fin, il faisait trop froid. On a hélé un taxi. Samantha s'est engouffrée à l'intérieur.

— Tu montes ?

On est entrés chez elle. Sam est allée se coucher après avoir enfilé une chemise de nuit. Ça m'a toujours sidéré de voir les filles penser à ce genre de choses. J'ai allumé la télé. Je trouvais que c'était une très mauvaise idée d'émettre un soir de Noël. J'ai zappé. Samantha avait le câble. Fatal. Sarah n'avait même pas de télévision.

Au Texas, quand je savais que la messe de Noël était terminée, je demandais à mon père : « Combien de temps encore, papa ? – Ça vient de finir. Tu es merveilleux. Tu es resté sage tout le temps. »

L'idée me vint d'appeler mon père pour lui souhaiter Joyeux Noël. Au lieu de ça, j'ai retiré ma chemise et me suis couché à côté de Sam. Je n'aurais pas su dire si elle dormait. Son radiateur chuintait avec un bruit de ferraille.

J'ai fini par fermer les yeux et m'endormir.

Je me réveillai soudain en sanglotant. Le soleil s'était levé. Par la fenêtre, la neige tombait en fines couches poudreuses. La chambre sentait le vieux et le renfermé.

– Que se passe-t-il ? demanda Sam.

– Je viens de faire un putain de cauchemar.

Pris de légères convulsions, je m'effondrai sur sa poitrine.

On est sortis ensemble sur l'avenue d'Amsterdam. Samantha a arrêté un taxi. Je ne savais pas où elle voulait aller. Les rues étaient verglacées. La circulation ralentie. Avant de monter, elle m'a dit :

– Inutile de m'appeler.

Après avoir claqué la porte, elle a baissé la vitre :

– Joyeux Noël, dit-elle sans sourire.

Je me suis dit qu'il était grand temps de rentrer chez moi.

19

J'adore les trains. En général, j'aime tout ce qui bouge. À bord du New Jersey Transit, assis dans un fauteuil plastifié bleu néon, je me laissais transporter. Ébloui par la luminosité, mes lentilles me brûlaient les yeux. Le paysage était tout givré. Le vent balayait le sol, faisant s'envoler la neige comme des amarantes. Je n'avais qu'une envie : me détendre.

En quittant l'appartement de Samantha, je m'étais rendu directement à la gare de Penn. Il régnait dans le hall un véritable chaos. Des centaines de familles attendaient le train, leurs sacs remplis de cadeaux. Le sol n'était plus qu'une immonde flaque de neige fondue. J'avais appelé ma mère d'une cabine. Une musique électronique célébrant Noël s'échappait des haut-parleurs. De la daube pour endormir les masses. Ça me rendait dingue.

Quand elle a appris que je rentrais, ma mère fut évidemment aux anges. Elle me prévint que Harris était là avec toute sa famille et me demanda comment j'étais habillé. Je jetai un œil sur ma veste en velours côtelé et mon pantalon vert crasseux dans lesquels j'avais passé la nuit. Je lui répondis que j'étais en costume Armani. Elle me pria d'arriver au moins coiffé.

À côté de moi, un noir enseveli sous une méga veste bleue écoutait son walkman. On devait avoir sensiblement le même âge. J'entendais la musique lui attaquer les tympans à tue-tête. On était les seuls voyageurs sans bagage. On ne s'est pas dit un mot pendant l'heure et quart qu'a duré le trajet jusqu'à Trenton.

J'ai repensé au premier Noël qui avait suivi à la séparation de mes parents. J'avais trois ans, ma mère vingt. Elle m'a réveillé bien avant le lever du jour. Je trépignais, c'était l'heure des cadeaux ! Elle m'a demandé d'enfiler une veste et des chaussures. Pour le pantalon, mon bas de pyjama ferait l'affaire.

Je pouvais entendre le monstre de ma mère – une Pontiac rouge – chauffer dehors.

– Où est-ce qu'on va ?

Elle n'a pas répondu.

En conduisant, elle s'est mise à parler toute seule. Elle n'a pas cessé de répéter le nom de mon père, comme s'il était dans la voiture. Je suis resté muet. On a fait au moins deux fois le tour de Fort Worth. Comme c'était le matin de Noël, les rues étaient désertes. Quand on est rentrés, mon père était dans l'allée. Il portait une veste en jean. Ma mère m'a ordonné de rester dans la voiture.

– Tu avais dit que tu ne serais plus là, l'ai-je entendue dire en claquant la portière.

Le visage pourpre, gesticulant, mon père a fondu sur le gravier. Ma mère parlait d'une voix douce et calme. Il a fini par hurler quelque chose avant de s'engouffrer dans une voiture gris métallisé et de déguerpir. Je me demandais à qui pouvait appartenir cette voiture.

Quand ma mère et moi avons pénétré à l'intérieur, il y avait trois paquets dorés qui m'attendaient sur la table de la cuisine. Dessus était inscrit : « Pour William, de la part du Père Noël. »

Bâtiment C, appartement #3, Hunter's Glenn Court. Chez ma mère. L'appartement était décoré comme il se doit : sapin de Noël, guirlandes argentées et boules rouges suspendues çà et là. Un petit ange en verre était fixé au sommet de l'arbre. Le seul élément familier. L'appartement était ultra moderne. Cuisine en faux marbre, micro-onde encastrable, réfrigérateur en inox. Une salle à manger spacieuse avec des baies vitrées coulissantes donnant sur dix mille autres bâtiments identiques. Trois pièces. J'y étais déjà venu quand ma mère s'était installée, mais n'y avais jamais vécu.

Harris avait tout du sale con. Ça m'a sauté aux yeux dès les présentations. Tout chez lui était pédant; sa façon d'être assis sur le canapé avec une main sur l'estomac, les doigts plongés à l'intérieur de son pantalon, sa façon de faire tourner les glaçons dans son whisky, sa façon d'attendre que ma mère le serve. Il avait les cheveux blancs et portait un pull marron. Tout pour le vieillir. Il était beaucoup trop âgé pour ma mère.

Il regardait un match de foot.

– Salut Will! fit-il en se levant. Très heureux de te rencontrer. Ta mère m'a dit que t'étais un sacré gaillard.

On s'est serré la main. Sa poignée de main était vigoureuse. Une main aussi propre que celle d'un chirurgien. Je pouvais sentir le dessin des lignes de sa peau.

– Qui joue?

Il me répondit. Je n'en avais vraiment rien à cirer. J'avais envie de lui dire de décamper de chez moi, mais je n'étais pas chez moi. Il avait accroché des photos au mur, des photos de gens que je ne connaissais pas. Il y avait un tapis en zèbre par terre. Ça ne pouvait être qu'à lui.

— Je ne savais pas que vous viviez ensemble, dis-je.

Ma mère roula de gros yeux. Elle avait un tablier. Je n'arrivais pas à le croire. Mais à quoi jouait-elle? Je ne l'avais jamais vue en tablier de ma vie.

— Harris est venu s'installer ici il y a deux semaines, dit-elle. Je t'en avais parlé.

Elle me présenta aux parents de Harris. Ils étaient ridiculement vieux. J'avais envie de partir. Je me demandai si j'allais un jour pouvoir rester en place.

— On a des tortillas chips et de la sauce mexicaine? demandai-je.

— Tu n'auras plus faim pour dîner.

J'ai trouvé les tortillas et les ai posées à table. Puis je suis allé prendre la sauce mexicaine dans le frigo. Ma mère fit disparaître les chips et m'arracha la sauce des mains.

— J'ai préparé un bon repas. Arrête! Ce n'est pas drôle si personne n'est affamé.

Je n'arrivais pas à croire à toute cette comédie.

Ma mère me fit asseoir devant le match avec Harris et ses vieux. On a échangé quelques sourires courtois. Pendant la pub, Harris signalait toutes ses préférées. L'une d'elles, à propos d'une bière sans sucre, la Miller Lite, montrait une quinzaine de nanas en string.

– Mate un peu, Willie ! T'en crois pas tes yeux, hein ?

Je hochai la tête. Il se pencha vers moi pour sa mère ne l'entende pas :

– Retiens bien une chose, William : derrière chaque petite poulette que tu vois sur l'écran, il y a un type qui se damnerait pour la sauter.

Mon cœur faisait des bonds. Je craignais que mes pensées ne s'expriment haut et fort.

– Je suis navré que ma petite amie, Sarah, n'ait pas pu venir aujourd'hui. Elle aurait vraiment voulu être des nôtres.

J'avais envie de mentir.

– On n'attendait absolument personne. Alors on est déjà très content de t'avoir toi, dit Harris.

Je m'excusai et m'éclipsai à la salle de bains.

Au moment de passer à table, j'étais bien allé dix-huit fois aux chiottes et j'étais persuadé qu'il me faudrait y aller une fois encore. Non que je buvais outre mesure, mais j'avais toujours l'impression d'être sur le point de mouiller mon pantalon.

Ma mère pépiait sans arrêt tout en faisant passer les plats, terrifiée à l'idée qu'il puisse y avoir des blancs dans la conversation. Le père de Harris était tellement silencieux qu'il devait être sourd. Quant à sa mère, à tous les coups, elle était alcoolique. Quand elle n'articulait ou ne se répétait pas, elle surveillait ma mère du coin de l'œil. Elle chipotait dans son assiette avec un profond déplaisir. Harris n'arrêtait pas de disparaître, se levant de table pour aller vérifier le score du match.

— William vient juste de fêter ses vingt et un ans, proclama ma mère.

— À son âge, Harris était un vrai coureur de jupons. Il cavalait tous les soirs, dit la sienne. Il avait plus de petites pépés qu'il ne pouvait en menacer du bout de sa canne.

Harris me fit un clin d'œil.

— J'adorerais avoir à nouveau vingt et un ans. T'en profites bien ?

— À mort, fis-je.

— Je pense que c'est une année importante, dit ma mère. Et pas seulement pour la consommation d'alcool ou ce genre de choses.

— Mon petit doigt me dit que William n'a pas attendu son anniversaire pour commencer à boire, fit Harris.

— Non, je ne le crois pas non plus, renchérit ma mère en souriant. J'ai toujours pensé que la vie marchait par cycles de sept ans : quatorze ans, l'âge de la puberté ; vingt et un ans, l'entrée dans l'âge adulte ; vingt-huit ans, le véritable âge adulte ; trente-cinq ans, la maturité. J'ai toujours eu l'impression que les grands changements dans ma vie s'opéraient à ces moments-là. (Elle fit une pause.) Je n'arrive pas à trouver d'exemple, mais je vous affirme que c'est la vérité, conclut-elle en riant.

— Pour moi, les cycles sont de onze ans, rétorqua la mère de Harris. Le Christ est mort à trente-trois ans, vous savez !

— Ah oui ? demanda ma mère.

— Parfaitement.

La vieille femme acquiesça avec une telle véhémence que je crus qu'elle allait tomber de sa chaise.

— Je me demande où ils en sont, fit Harris en se levant.

— Pourquoi n'apporterait-on pas la télé ici en coupant le son ? suggéra ma mère.

— Mais tu détestes la télé, maman, dis-je.

— Je sais, mais Harris ne sera pas content tant qu'il ne pourra pas suivre le score en permanence.

Ma mère fit cette constatation comme s'il s'agissait de la caractéristique la plus agréable chez un homme.

— Harris a toujours été fou de sport, allégua sa mère.

— J'en ai vraiment rien à branler.

Les mots m'avaient échappé avant même que je réalise leur portée. Ma mère me regarda. Elle n'était pas fâchée. Pour la première fois de la journée, elle me comprenait. Elle était démasquée.

Elle continua d'alimenter la conversation. Je m'excusai pour aller pisser à nouveau. J'aurais aimé avoir le courage de revenir à poil.

J'adorais ma mère. J'avais même une envie folle de lui parler. Noël la déprimait, elle aussi. Je ne comprenais pas pourquoi Harris était toléré dans la cuisine à découper la dinde avec des faux airs d'Elvis Presley. Je savais qu'il jouait les lèche-bottes avec ma mère. Tout cela m'écœurait. Comme toujours, nous n'étions que des caricatures de nous-mêmes. Et le dîner, une publicité pour Noël. «On devrait tous dîner en bikini», songeai-je. Mon père me manquait, ça semblait absurde. Je ne l'avais pas suffisamment connu pour qu'il me manque. Mieux valait que je concentre mes pensées sur Sarah. C'était plus simple que d'essayer de résoudre les conneries qui me trottaient dans la tête.

En sortant de la salle de bains, je réalisai que j'avais oublié de pisser. Avant que j'aie le temps d'y retourner, ma mère m'interpella subrepticement.

– Tu vas bien ?

– J'ai envie d'appeler papa. Tu as son numéro ?

– Je vais le chercher. Tu veux lui téléphoner maintenant ?

– Ouais, je crois.

– Très bien.

Elle partit le chercher. Je fus surpris qu'elle ne se mette pas en colère. Je savais que je me comportais comme un môme.

– J'ai un peu passé l'âge, hein ?

Je lui emboîtai le pas.

Elle me laissa seul dans sa chambre avec le numéro de mon père. Je n'avais aucune idée de ce que j'allais lui dire. Je me suis demandé si je n'étais pas en train de perdre la boule. Un jour, ma mère était sortie avec un type qui s'est fait interner pour ça. Elle vivait avec lui. C'était l'année du bac. Il était plutôt sympa. Le jour de la remise du diplôme, j'étais en vrac parce que j'estimais avoir mérité l'argenterie de famille – sauf qu'on n'en avait pas. Ce mec m'a donc pris à part et m'a offert sa plus vieille paire de jean.

– Je sais, c'est pas un bel héritage, a-t-il dit. Mais ce jean est vieux. Il date des années 1950, je crois. Je l'ai toujours eu.

– Merci.

— Si j'ai un conseil à te donner... Toute ta vie, les gens vont te demander d'être faible. Ils vont même te supplier de l'être. En réalité, tout ce qu'ils veulent, c'est que tu sois fort. Souviens-t'en. J'aimais cet homme. Si seulement ma mère pouvait encore être avec lui! Évidemment, il a fini en HP, et j'ignore où est passé son jean.

La chambre de ma mère était envahie de bibelots. Des souvenirs de nos autres maisons. Il y avait un vieil édredon sur son lit, cousu par ma grand-mère. De vieilles photographies de son père datant de la Deuxième Guerre mondiale. En revanche, rien encore en provenance de chez Harris. Je me suis demandé s'il y avait des préservatifs dans la table de nuit. Rien que l'idée m'a rendu malade. La tête me tournait; j'avais l'impression que mon corps était gonflé à l'hélium et que j'allais exploser. J'avais l'impression de voir des arbres à travers le mur. J'avais l'impression de voir s'imprimer l'indicatif de la région de Fort Worth sur la tapisserie et que l'encre suintait des murs en gouttant sur le sol. Je l'ai appelé. Je l'ai fait.

Ce fut elle – ma belle-mère – qui décrocha.

– Salut, Lindy, c'est Will. Joyeux Noël.

– Oh, c'est toi William? Comment vas-tu? Où es-tu?

— Dans le New Jersey.
— Hé! Vince! C'est William au téléphone! beugla-t-elle. Est-ce que tu passes de bonnes fêtes?
— Ouais, super, dis-je.

Pour la première fois depuis des semaines, je n'étais pas tendu. Je ne jouais pas avec le fil du téléphone. Je ne faisais pas les cent pas. J'étais amorphe.

— Bien. Je te passe Vince.
— À bientôt, fis-je.
— Hé salut, William! dit mon père avec un agréable accent du Sud.

J'avais envie de lui raconter tout ce qui m'était arrivé dans la vie.

— Salut 'pa.

Ce fut tout ce que je réussis à dire.

— Ça gaze? Où es-tu? demanda-t-il.

Il avait l'air de bonne humeur.

— New Jersey.
— Oh! fit-il.

Il y avait un sacré boucan autour de lui. Un vacarme d'enfants en train d'essayer leurs nouveaux jouets.

— Joyeux Noël, dis-je.

J'éteignis la lampe de chevet. La lumière me brûlait les yeux.

— Eh bien, Joyeux Noël également.
— Tu regardes le match ? ai-je demandé, debout dans le noir.
— Non, et toi ?
— Non… Les Cowboys se débrouillent pas mal cette année, hein ?

En fait, je n'en savais rien.
— C'est la folie ici, dit-il.
— Tu te souviens du douzième championnat du Super Bowl ?

Je ne savais pourquoi j'évoquais cela.
— Euh… Ouais… C'était qui déjà ? Les Cowboys contre les Steelers ?
— Non, les Broncos. Les Cowboys contre les Broncos. On a gagné cette année-là.
— Bien sûr. Je pensais à un autre match.
— C'étaient les débuts de Tony Dorsett. Tu te souviens de lui ?
— Évidemment, dit-il. Il est Texan. Il vient de Wylie.

Mes yeux me brûlaient même dans le noir. Il fallait que j'enlève mes lentilles. J'entendis mon père masquer le combiné pour demander à quelqu'un de se calmer.
— Alors, qu'est-ce tu deviens ? demanda-t-il.
— Je suis tombé amoureux d'une fille, mais elle a cassé.

— Ah. Ça m'est arrivé aussi, tu sais.
— Ah bon ?
Je m'assis sur le lit.
— Évidemment. Je me rappelle la première fois que j'ai eu les couilles d'inviter une fille au bal du lycée. Elle m'a dit qu'elle ne pourrait pas venir parce qu'elle partait en vacances avec sa famille. Sauf qu'elle s'est pointée au bal avec ce vieux Bobby Miller.
— Ç'a dû être dur pour toi.
— Ouais. Il m'a fallu des années pour oser inviter une autre fille à sortir, fit-il avec un léger rire.
— La mienne s'appelle Sarah. Et elle m'a brisé le cœur.
— Ce sont des choses qui arrivent.
— Est-ce que maman t'a brisé le cœur ?
Il y eut un long silence.
— Oh, je n'en sais rien. C'était il y a longtemps.
— Ah, tu t'en es remis, hein ?
— Ouais, c'est sûr, dit-il doucement.
— Et toi, qu'est-ce que tu deviens ?
— Oh, ça grandit ici, dit-il, un ton de voix au-dessus. (Il était content de changer de sujet.) Toujours autant de chahut. David et Hillary sont pratiquement des grandes personnes. Ils ont poussé comme du chiendent. Tu les aimerais bien. Lindy s'arrache les cheveux avec Laura Lye

et Katie. Elles n'ont que deux et trois ans. (Il s'interrompit un moment.) Tu ne les as jamais rencontrés, n'est-ce pas ?

— Non, fis-je.

— David est un sacré bon joueur de foot.

— C'est un supporter des Cowboys ?

— Le plus fervent, répondit mon père.

Tout à coup, je me mis à haïr les Dallas Cowboys.

— Écoute, papa. Il faut que j'y aille. Je voulais juste te souhaiter Joyeux Noël.

Je me suis relevé. Je me suis enfoncé les doigts dans les yeux pour repêcher mes lentilles.

— Écoute, William, je suis heureux que tu aies téléphoné. On avait l'intention de t'appeler et je suis désolé de ne pas l'avoir fait.

Il essayait d'être gentil, mais cela ne faisait que m'enfoncer davantage.

— J'aimerais bien qu'on reste en contact, poursuivit-il. Chaque famille a ses petites manies et, euh… Je sais que nous avons les nôtres, mais… oh… je voulais te dire que ce serait génial de se parler plus souvent. Tu peux venir nous voir quand tu veux.

J'ai enlevé mes lentilles et les ai envoyées valser par terre. Je voulais raccrocher.

— Parfois, tard le soir, je me lève et je descends regarder les cassettes des match de David.
— Tu filmes ses match !?
— C'est ma passion. Revoir ses match enregistrés en mangeant un ou deux cookies. Et je ne peux pas m'empêcher de penser à ce que nous n'avons pas vécu toi et moi.

Je restai pétrifié dans le noir, au milieu de la chambre de ma mère.

— Je voulais juste de souhaiter Joyeux Noël. C'est tout.

— Bon, très bien. Eh bien, je suis vraiment content que tu aies appelé, dit-il.

Je reposai le combiné délicatement. C'était la première fois qu'on se parlait en huit ans.

Je sortis sur la terrasse de la maison. J'avais l'air complètement ivre. J'ai trébuché trois fois en sortant. Je ne voyais pratiquement rien sans mes verres de contact. L'air froid me faisait du bien. Je pouvais à nouveau respirer. Le soleil se couchait. La lumière n'avait rien de spectaculaire. C'était juste celle du soleil couchant. Elle dessinait les silhouettes des arbres dénudés sur le ciel pâle. Il neigeait plus fort. Il y avait quelques bons centimètres de neige par terre. J'entendis les pas de ma mère crisser derrière moi.

— Comment ça s'est passé ? me demanda-t-elle.

Elle ne portait pas de veste non plus. Elle se serrait les coudes pour se tenir chaud.

— Bien.

On est restés silencieux un petit moment. Elle attendait que je lui en dise plus. Je regardai le paysage désolé : le New Jersey et la résidence où vivait ma mère.

— Je suis tellement amoureux de cette idiote, maman, dis-je.

Un monticule de neige était en train de se former sur la tête de ma mère. Sur la mienne aussi probablement.

— Je suis tombée amoureuse de ton père parce qu'il m'a fait rire.

— Ça ne prend pas toujours, dis-je d'une voix creuse.

— Je dis simplement que tout cela est arbitraire, fit-elle en piaffant légèrement. Parfois, William, il s'agit juste de décider de ne pas perdre la raison. C'est parfois la seule chose qui nous reste.

Ma mère avait abandonné ses études au lycée. Martin Luther King Jr avait été assassiné pendant sa première année et, le lendemain du drame, sa prof d'histoire avait sorti une vanne à ce sujet. Ma mère avait fermé son livre, pris son cartable, s'était avancée jusqu'à l'estrade et avait dit « Vous me donnez envie de vomir. » Elle avait quitté l'école le jour même. Elle avait roulé jusqu'à Houston rejoindre mon père, à l'époque étudiant, et n'était jamais revenue. C'est ce qui m'a toujours plu chez elle.

Ma mère me tendit une enveloppe entourée d'un ruban lavande.

– Regarde, dit-elle en claquant des dents. Je l'ai trouvée il y a deux mois. Cadeau. Je rentre, j'ai trop froid.

Elle se secoua les cheveux et rentra en trottinant.

J'ouvris l'enveloppe qui contenait deux feuilles de papier écrites de ma main. Je les approchai de mon visage pour pouvoir les déchiffrer. Les flocons de neige crépitaient doucement sur les pages.

William Harding, 7 ans

Le Cow-boy

Le cow-boy caracole
Désert après désert
À dos de cheval
Il se salit
Comme un chiffon enfoui sous le sable
Et il meurt dans la fleur de l'âge
D'une balle dans le cœur.

Le Chapeau

Un chapeau peut se décliner
De plusieurs façons
Cabossé au milieu
Et plat tout autour
Il ne ressemble en rien à un blouson.

L'État le plus chaud

Fort North est l'État le plus chaud que je connaisse
Mon père y habite
Ma grand-mère aussi
La plupart des grands-parents
Sauf certains
Je m'y plais
Mais Dieu qu'il y fait chaud.

Tarzan embrassant une fille : « Baby, baby, baby. »

J'ai replié les deux feuilles de papier avant de les fourrer dans ma poche. La neige sur ma tête commençait à fondre et à dégouliner sur mon front. Allez savoir pourquoi, je ne sentais pas le froid.

20

— En gros, ça se passe comme ça, entonna Decker. Tu te réveilles au milieu de la nuit, tu meurs d'envie d'un verre de lait. Tu tombes du lit, tu te cognes le doigt de pied dans le noir, tu hurles de douleur et tu boîtes tant bien que mal jusqu'au frigo. Tu ouvres la porte et tu es inondé de lumière. Sauvé! Puis, tu appuies sur le bec de la brique de lait, tu l'ouvres et tu inspires profondément avant de la porter à tes lèvres. Sauf que — pouah! — le lait est caillé. À tous les coups tu te fais avoir. Tu refermes la brique et la remets au frigo. À nouveau, tout est noir. Alors que tu es en train de regagner ton pauvre lit désespérément vide, tu te dis, "Attends un peu, ce lait n'est peut-être pas si mauvais, après tout. Et n'ai-je pas soif?"

Alors, tu fais demi-tour et tu retournes au frigo. La lumière te réchauffe le cœur. Tu bois une gorgée et – ouais ! – il est toujours caillé. Je viens de te livrer la métaphore parfaite de la plupart des relations amoureuses que j'ai vécues.

Decker, intarissable, était assis sur un carton en train de me raconter des conneries pendant que j'empaquetais mon bordel. Je déménageais. On était début avril et j'avais les cheveux jusqu'aux épaules. Je ne m'étais pas rasé depuis des mois et j'arborais une barbe clairsemée.

Sarah m'avait téléphoné le matin même. Je n'ai pas reconnu sa voix. Si elle avait appelé un jour plus tard, on se serait manqués. Elle travaillait maintenant dans un jardin d'enfants à Brooklyn et m'avait donné rendez-vous pendant sa pause déjeuner. J'avais accepté et prévoyais de m'y rendre le lendemain.

Je me demandai ce qu'elle avait à me dire. J'espérais secrètement qu'elle était enceinte et que c'était la véritable raison de notre séparation. Je débarquerais à Brooklyn et Sarah serait ronde comme un ballon, portant notre enfant. Sa mère serait là également et, pointant un doigt noueux et sévère dans ma direction, dirait : « Quand vas-tu te décider à prendre tes responsabilités ? » Et je répondrais aussitôt : « MAINTENANT ! », en hurlant. Tout serait dit. Le scénario était un peu tiré par les cheveux, mais il me plaisait.

On a tout emballé, sauf la stéréo. On écoutait *Before the Flood* de Bob Dylan à plein volume tout en se renvoyant une balle de base-ball. C'est fou ce que la musique résonne bien dans un appartement vide.

Decker s'apprêtait à partir en Angleterre avec une bourse d'écriture de six mois. Il appréciait moyennement les Anglais, mais se réjouissait de faire un séjour à l'étranger.

— Si seulement j'étais plus refoulé, dit Decker en donnant un coup dans la balle.

— Et pourquoi ça?

— Je pense que je profiterais mieux de la vie. T'ai-je fait part de mes nouvelles résolutions?

— Non, fis-je en lui renvoyant la balle.

— Essayer de ne jamais gaspiller mon énergie à avilir et humilier autrui. De même, je veux essayer de ne pas voir la vie comme une compétition. Si j'arrive à résoudre ces deux choses et si je parviens à me passer du centre de désintoxication pour alcooliques, alors je crois que je serai un type bien.

— Moi, ma seule ambition est d'arriver jusqu'à demain, dis-je.

Il y a quelque chose de très apaisant dans le fait de faire rouler une balle de base-ball.

– Qu'est-ce qui te préoccupe ? demanda-t-il. Sarah t'a appelé, non ? Vas-y sans a priori et écoute ce qu'elle a à te dire.

– Que crois-tu qu'il va advenir de nous ?

– De quoi parles-tu ? Toi et moi ?

Je fis oui de la tête.

– Tu veux dire, en général ?

Je hochai à nouveau la tête.

– On va probablement très bientôt être occupés par une chose ou l'autre, et avant qu'on ait le temps de s'en rendre compte, la course sera déjà terminée.

Il me renvoya la balle.

Finalement, nous avons rangé la stéréo et l'avons descendue avec le reste. J'avais deux voisins à qui je n'avais pratiquement jamais adressé la parole. Un vieux couple frêle que je n'avais aperçu qu'en de rares occasions. Ils passaient leur temps tapis derrière leur porte. On avait des horaires décalés. Elle était la plus belle femme d'âge mûr que j'ai jamais rencontrée. Elle avait des traits délicats et altiers, et ses cheveux blancs flottaient autour de sa tête. Une fois, je lui ai proposé de porter ses courses, mais je n'ai réussi qu'à lui flanquer une trouille bleue.

Comme je sortais de l'appartement les bras chargés, je vis le vieux, qui ne devait pas mesurer plus d'un mètre cinquante, passer la tête par sa porte. Sa femme était juste derrière lui, l'oreille tendue.

– Bonjour jeune homme. Vous déménagez?

– Oui, Monsieur, répondis-je le plus poliment du monde.

– Eh bien, je vous souhaite bonne continuation.

– Je vous remercie.

– Je mentirais en disant que vous allez nous manquer, déclara-t-il simplement.

Il parlait d'une voix distinguée.

– Ah bon? Comment ça? demandai-je.

Decker apparut derrière moi, transportant le reste de la chaîne.

– Eh bien, pour employer un mot aussi agréable que possible, je dirais que vous avez fait un sacré tapage.

– Bon Dieu, Monsieur, vous auriez vraiment du me le dire!

Decker se mit à rire.

– C'est ce que ma femme me dit toujours, mais il ne sert à rien de se plaindre. Je ne crois pas, affirma-t-il en fermant la porte.

En me remémorant les événements de l'année écoulée, j'y incrustai l'image de ce vieux couple effrayé, la tête dépassant des couvertures, en train de subir la tornade d'à côté.

21

Je pris le bus jusqu'à l'arrêt de Williamsburg. J'adorais Brooklyn. Pour moi, c'était Manhattan dans les années 1950. Plein de petits magasins avec des gens devant, à fumer, boire et discuter. J'avais noté l'adresse de Sarah sur un bout de papier miteux.

L'école était derrière une église. C'était un petit bâtiment carré en briques, une pelouse devant, l'East River derrière. Les portes d'entrée vitrées étaient tapissées de dessins d'enfants. Une dame d'un certain âge tenait l'accueil. Elle me dit que Sarah était partie accompagner les petits dans le parc et qu'ils seraient de retour d'une minute à l'autre.

J'en fus grandement soulagé. J'avais le souffle coupé et me réjouissais d'avoir un peu de temps devant moi pour récupérer. Sur le mur, il y avait un poster où étaient inscrits les noms d'une vingtaine d'enfants auxquels étaient accolées des rangées d'étoiles d'or et d'argent. J'aurais bien aimé en avoir une. J'en voulais cinquante. Je me demandai ce qu'il fallait faire pour en obtenir une. Je marnais dans la classe. Elle n'était pas éclairée, mais je pouvais apercevoir des petites chaises bien rangées sous des tables miniatures. Il y avait des dessins de grenouilles et de tigres.

Je préférai attendre dehors pour la voir arriver, en me disant que je pourrais en profiter pour griller une cigarette. Je me suis ravisé pour la cigarette. Je ne voulais pas voir Sarah surgir allégrement de la colline, virginale, entourée d'enfants merveilleux, et qu'elle me voit dans un gros nuage de fumée! Pourquoi ne m'étais-je pas mieux habillé? Pourquoi n'avais-je pas fermé l'œil de la nuit? J'avisai le petit banc devant l'école et m'y assis un long moment, en essayant de me calmer. Hors de question de me conduire d'une façon aussi stupide ou de faire des plans sur la comète.

La première chose que je vis furent ses cheveux. Ils avaient poussé et formaient des anglaises brunes qui avaient presque l'air de tresses – sauf certains qui restaient dressés en l'air. Cela me fit sourire. Elle portait une robe et des collants chocolat. Je ne pouvais pas distinguer ses paroles, mais elle avait l'air de réprimander les petits pour qu'ils restent bien en rang et gesticulait dans tous les sens.

Ils apparurent sur la pelouse, deux par deux, main dans la main. J'avais du mal à regarder Sarah dans les yeux. Je n'étais pas sûr d'avoir envie qu'elle me voie. Quand la première paire d'enfants passa devant mon banc pour entrer dans l'école, j'entendis l'un d'eux dire à l'autre : «Je sais. Ça m'arrive *tout le temps*.» Il ne devait pas avoir plus de six ans.

J'ai trouvé ça hilarant. J'avais envie de lui demander : «Quoi? Qu'est-ce qui t'arrive *tout le temps*?»

Sarah remarqua ma présence une fois presque arrivée devant les portes. J'arborai un grand sourire rien qu'à la vue des enfants.

– Oh, salut! fit-elle en me passant devant.

Je restai assis en clignant des yeux.

Elle repassa la tête dehors.

– Excuse-moi. Rentre! Je suis assez énervée.

– Ouais. Moi, c'est pareil, fis-je en lui emboîtant le pas.

Sarah avait un pansement en travers du nez et d'autres sur les bras.

— Que t'est-il arrivé ?
— De quoi tu parles ?

Elle se pencha pour refaire les lacets de ses chaussures.

— Ben, ton visage ?
— Ah ça, dit-elle en se grattant la tête avant de lisser ses cheveux en arrière. J'ai eu la varicelle.

J'ai trouvé ça drôle.

— Quoi ? fit-elle.
— Je sais pas. Désolé. Ça m'a paru amusant.
— Eh bien, ça ne l'est pas. C'est monstrueux et je suis très gênée.

On était devant la salle de classe à côté du poster étoilé, on avait un mal fou à se regarder en face.

— Je ne suis pas contagieuse, dit-elle sèchement.
— C'est bon. Je l'ai déjà eue de toute façon.

Elle tremblait plus que moi. Aucun de nous ne savait quoi faire de ses mains.

— Entre. Je vais te présenter à la classe.
— Oh non, c'est bon. Je t'attends dehors. Je vais les effrayer.

J'avais les cheveux hirsutes et j'aurais dû me raser, mais je m'étais dit qu'il valait mieux que je garde ma barbe : je me sentirais davantage moi-même. Les choses seraient plus faciles.

– Ils s'en fichent. Allez, viens.

Elle entra dans la classe. Je me glissai derrière elle. La salle était très différente pleine d'enfants. Elle avait l'air multicolore. Tout avait l'air de rebondir.

– Les enfants, voici William. William, voici ma classe. Les plus grands dormeurs de Brooklyn !

Il y eut une vague d'approbation.

– William est acteur. Il a joué dans un film, ajouta-t-elle.

J'aurais préféré qu'elle se taise. Je trouvais que ça ne faisait pas sérieux.

– Non ? C'est pas vrai ! dit un garçon.

– Sanger, est-ce que j'ai l'habitude de mentir ? demanda Sarah.

– Non, fit Sanger.

– Très bien. Alors, William est acteur et il a joué dans un film. C'est pas super ?

J'étais en train de me poser la question du mensonge. Peut-être que je prendrais Sanger à part pour lui dire qu'elle ne racontait pas des mensonges, mais, qu'il se rassure, elle n'était pas non plus complètement fiable.

Sanger vint jusqu'à moi. C'était un gamin brun avec un T-shirt des New York Jets.

– T'as vraiment joué dans un film ? me demanda-t-il avec suspicion.

— Ouais.
— Mon père est garagiste. Il répare les voitures, rétorqua Sanger avec provocation.
— C'est cool.
— On a une Corvette.
— Sans blague ?
— Je serai footballeur, dit-il pour me défier.
— C'est ce que j'aimerais faire aussi.

Sarah était à l'autre bout de la salle, occupée avec une petite fille.
— Enfin, Élisabeth, qu'as-tu fait avec ta robe ? demanda-t-elle en lui décoinçant le bas de sa robe de sa culotte.
Je la rejoignis et me postai près d'elle. Je ne savais pas ce que j'étais censé faire.
— Ils vont bientôt faire la sieste, ensuite on pourra discuter, d'accord ?
Sarah était à genoux et la petite fille lui grimpait dessus. Je reculai d'un pas, tâtai mes poches pour m'assurer que j'avais toujours mes cigarettes et regardai attentivement les enfants. Ils étaient surexcités. J'avais du mal à les imaginer faire la sieste.
— C'est l'heure de la peinture, maintenant. Tu as envie de peindre ? me demanda-t-elle pleine d'espoir.

– Bien sûr.

Ça devenait vraiment bizarre comme journée. Sarah s'occupa de faire asseoir tous les enfants autour de quatre petites tables et distribua un tube de couleur à chacune. Avec Sanger, on a opté pour la table bleue.

Sarah dirigeait la classe avec grâce. Les pleurs cessèrent. Elle nettoyait les taches de peinture et encourageait tout le monde. Elle ferait une mère formidable.

Je sentis un léger tiraillement sur mon pantalon. Je baissai les yeux et vis une petite fille aux cheveux raides, couleur jais, avec de grands yeux bleus, dans une robe à fleurs rouges, qui me fixait.

– Oui ?
– Il faut que j'y aille, fit-elle.
– Où ça ?

Elle se trémoussait.

– Oh, d'accord. Ah… Hé, Sarah ! Cette gamine a besoin d'aller au petit coin, criai-je à travers la classe.

Sarah était assise en train d'aider une petite boulotte à faire son dessin.

– C'est Amanda. Tu veux bien l'accompagner ? me demanda-t-elle.

– Tu t'appelles Amanda ?
– Hinhin, fit-elle en hochant la tête.

— Tu sais où sont les toilettes ?
— Hinhin.
— Alors, allons-y.

Elle s'agrippa à mon doigt et me conduisit. Les cabinets étaient étroits, mais elle insista pour que j'entre avec elle. Elle ferma la porte. J'étais terrorisé. Je crois bien que c'est la première fois de ma vie que j'allais voir une fille faire pipi devant moi.

Elle baissa sa culotte. Je me retournai. Elle s'assit sur la cuvette et fit ce qu'elle avait à faire. Quand elle eut terminé, elle me demanda du papier. Je le lui tendis, soulagé de n'avoir servi qu'à ça.

— Merci, dit-elle.

Elle ouvrit la porte et fila à sa table. J'étais complètement épuisé.

Je me rassis à côté de Sanger en me disant qu'on avait peut-être quelque chose en commun. Je l'ai aidé à peindre un terrain de foot bleu. Quand on a eu terminé, il en était tellement fier qu'il s'est précipité pour l'offrir à Sarah.

Toujours avec la même peinture bleue et un peu de noir volé pour les cheveux, j'ai fait le portrait de Sarah au doigt. Je le lui ai apporté pour le lui montrer.

— Il est joli, dit-elle.

– C'est pour toi.

J'avais inscrit son nom en gros caractères baveux sur le haut de la feuille.

– Merci. J'en ai environ une centaine comme ça.

Sarah s'est mise au milieu de la classe et a frappé cinq fois dans ses mains.

– OK, tout le monde ! Maintenant, on va ranger la peinture et on va aller faire la sieste. Mais avant, vous avez droit à une histoire. Alors, plus vite on range, plus vite on va écouter l'histoire.

La classe exprima un mécontentement général.

– Et devinez quoi ? continua Sarah pour essayer de calmer le jeu. Comme on a un visiteur aujourd'hui, c'est William qui va vous la raconter.

Je sentais les regards rivés sur moi.

– Non… non, fis-je. Je ne sais pas raconter les histoires.

– Tous ceux qui viennent nous rendre visite doivent raconter une histoire, dit-elle en souriant.

J'eus comme un flash : cette visite à l'école était une sorte de rituel qu'elle imposait à tous ses ex.

Les enfants nettoyèrent la salle et, en un rien de temps, la classe entière était assise en file indienne, en tailleur, sur une couverture brune, en face d'un tabouret. Sarah me présenta plusieurs livres et me demanda d'en choisir un.

— Et puis ? Je m'assois là et je lis ? demandai-je en désignant le tabouret.

— Oui, mais commente aussi les images. Ils adorent les images.

— Il est bien celui-là ? demandai-je en en prenant un.

— Ils sont tous bien.

Je pris place sur le tabouret avec un gros livre carré en couleurs et regardai les enfants. J'essuyai mes lunettes avec ma chemise. Ils se tortillaient ou s'amusaient à se tirer les cheveux. Une gamine avait la tête enfouie dans une étagère. Sarah m'observait du fond de la classe, son pansement en travers du nez, prête à me donner le signal du départ.

— Très bien les enfants. On y va. Vous feriez mieux de vous calmer ou je ne vais pas pouvoir lire. Ce livre s'appelle *Papa Ours rentre à la maison*. (Je pris une longue inspiration.) Et l'histoire s'intitule "Petit Ours et le Hibou". Vous la connaissez ? demandai-je à l'océan de petites têtes.

Amanda émit un faible «oui», mais les autres se contentèrent de me fixer des yeux.

— Bon, espérons qu'elle sera bien.

Je brandis le livre pour leur montrer les illustrations.

— Regardez, un dessin de Petit Ours, je présume. On dirait qu'il regarde le portrait de son papa sur la table, fis-je en montrant le dessin. Sa maman rentre et lui parle.

Je n'en revenais pas de captiver leur attention. J'étais certain que quelqu'un allait éclater en sanglots.

Rassemblant mon courage, je commençai à lire.

– "Petit Ours, dit maman Ours, tu veux bien faire le pêcheur pour moi ? – Bien sûr, maman, dit Petit Ours."

J'adressai un sourire à Sarah pour lui signifier que tout allait bien se passer. Elle me fit signe de continuer à leur montrer les images.

– Ah oui. Vous voyez, tout le monde ? Là, c'est la maman de Petit Ours. À quoi reconnaît-on que c'est sa maman ? Parce qu'elle porte un tablier.

Je me dis que cette réflexion allait faire rire Sarah. En fait, elle attendait patiemment la suite.

Je tournai la page.

– "Tu sauras descendre à la rivière ? Tu sauras pêcher un poisson pour nous ? dit Maman Ours. – Oui, j'y vais, dit Petit Ours."

Je poursuivis ma lecture en leur montrant les dessins. Petit Ours descend à la rivière où il rencontre son copain le Hibou. Il attrape un poisson tout malingre et se désole que son poisson soit si minuscule. Il aimerait bien ressembler à son père et savoir pêcher de grosses pieuvres comme lui.

J'adorais cette histoire. Je tournai la page.

– "J'ai une idée, dit Petit Ours. On n'a qu'à faire comme si j'étais Papa Ours. Toi, tu es toi, et on pêche."

Petit Ours et le Hibou font alors semblant de remonter une baleine et une pieuvre géante. Je levai le yeux vers Sarah. C'était tellement bon de la revoir.

Amanda m'interrompit pour me demander si j'étais triste.

– Non, non, fis-je en la regardant.

– Pourquoi tu pleures alors? demanda-t-elle.

– Je ne pleure pas, Amanda.

Je n'avais pas l'impression de pleurer. Je me mis à tourner les pages rapidement. Mon cœur commençait à s'emballer. Je remarquai que mes lunettes s'embuaient. Je pouvais à peine respirer.

– Regardez maintenant. Regardez Petit Ours, poursuivis-je. Il s'imagine vêtu comme son papa et il a attrapé… Que voyez-vous au bout de sa ligne? demandai-je en leur montrant la pieuvre imaginaire de Petit Ours.

– Hé, Monsieur, héla Sanger. On dirait que vous pleurez.

– Eh bien, non, je ne pleure pas.

Je tentai de rire, mais ça n'arrangeait rien. Je regardais Sarah. Elle tenait son menton dans sa main et me transperçait de ses yeux verts. Elle m'adressa le plus petit des sourires.

Je tournai la page.

Maman Ours était arrivée et avait surpris les deux comédiens. Petit Ours se justifiait.

– "Un jour, tu verras. Quand je serai aussi grand que Papa Ours, j'attraperai une vraie pieuvre!"

En lisant cela, ma voix se fit plus aiguë. Je m'efforçai de poursuivre.

– "Le Hibou déclara : – Petit Ours est très bon à la pêche. – Oh oui, dit Maman Ours. Il pêche vraiment très bien. C'est un vrai pêcheur, comme son papa."

Ainsi s'achevait l'histoire.

– Seigneur! fis-je en regardant par terre.

– C'est pas une histoire triste, dit Sanger.

– Ouais, je sais, mais c'est une belle histoire, tu ne trouves pas?

– Celle d'après est mieux, dit-il.

– C'est tout pour aujourd'hui, déclara Sarah. Il est temps d'éteindre la lumière pour montrer à William qu'on est réellement les meilleurs dormeurs de Brooklyn.

Les enfants recommencèrent à râler. Je crus en entendre se plaindre de mon histoire, mais cela ne dura pas très longtemps. Peu à peu, chacun sortit son matelas et choisit sa place avant de s'allonger.

Amanda voulait que je lui tienne la main pendant qu'elle s'endormirait, ainsi que deux autres enfants. Je me sentais très populaire.

Amanda insista pour que je l'accompagne jusqu'à son matelas. Je m'allongeai près d'elle.

Avant de s'endormir, elle chuchota :

— Moi aussi, je l'ai trouvée triste cette histoire. Toutes les histoires sont tristes.

Je fermai les yeux et sentis des larmes couler le long de mon visage. Sans lumière, la classe était telle que je l'avais vue en arrivant. Tout était calme. Les couleurs étaient moins vives. J'étais épuisé.

Une fois les enfants couchés, l'aide maternelle revint dire à Sarah qu'on pouvait y aller. Alors qu'on s'apprêtait à sortir, Sanger se leva et vint jusqu'à moi.

— Tu seras là quand je me réveillerai ? demanda-t-il.

— Je ne crois pas, répondit Sarah. Dépêche-toi de retourner te coucher.

— Mon père dit que les Jets ne vont pas gagner la Super Bowl, mais moi, j'en suis sûr.

— Ils ne sont pas plus mauvais que les autres, dis-je.

Sanger me tendit la main pour qu'on se serre la poigne. Il avait les doigts si fins que je sentais ses os. Il tourna les talons et regagna son matelas en se pavanant.

Avec Sarah, on s'est éclipsés derrière l'église. Il y avait une promenade le long de l'East River. Plusieurs personnes s'y baladaient à la pause déjeuner. On a marché ensemble quelques minutes. Le vent soufflait en rafales sur les berges. Sarah était obligée de tenir les bords de sa jupe.
— J'ai une heure de pause, dit-elle. Tu veux qu'on parle ?
J'ai réfléchi quelques instants.
— Tu sais quoi ? Je pense que je vais rentrer, dis-je.
— Tu es fou ?
— Non, je ne suis pas fou. Je suis juste très fatigué et je ne suis pas sûr qu'il y ait grand-chose à dire.
Je n'étais pas fou.
— William, dit-elle (ses cheveux faisaient des bonds avec le vent). Je voulais juste te montrer où je travaille. Il m'a toujours semblé que tu avais une fausse image de moi. Je ne suis pas une créature fantastique, tu vois. Je suis une simple maîtresse d'école.
Je me mis à rire.

– Quoi ? Qu'est-ce qui te fait rire ?

Je secouai la tête.

– Rien.

Elle me regarda de la manière dont elle me regardait toujours. Cette manière de ne pas croire un mot de ce que je lui disais.

Il y avait un tel vent dans les arbres au-dessus de nos têtes que les feuilles faisaient un ramdam terrible. Je n'entendais pas Sarah.

– J'ai dit : "Tu t'es très bien débrouillé avec les enfants", répéta-t-elle. Merci.

– Pas de problème.

– Quoi ? demanda-t-elle en s'arrêtant.

– J'y ai pris du plaisir, répondis-je en haussant la voix.

Penché sur la balustrade, je me suis mis à contempler la rivière. J'avais toujours entendu dire que l'East River était un dépotoir à ordures, mais à Brooklyn, l'eau avait un air radieux.

Je ne savais pas comment lui dire au revoir. L'accolade ou la poignée de mains aurait été ridicules. Je l'embrassai sur la joue. Sa peau était douce et, l'espace d'un instant, je me suis rappelé son goût et son odeur. Je ne voulais pas faire resurgir le passé.

Je me suis retourné pour la regarder marcher. Elle plaquait toujours sa jupe contre ses cuisses.

Ses cheveux valsaient tout autour d'elle. J'aperçus un pansement sur son épaule.

Je tournai les talons et entamai l'ascension de la colline qui me ramènerait chez moi. Je sentis le vent rafraîchir mon visage. Je songeai à mon activité favorite quand j'avais l'âge de Sanger. Je sortais dans la rue et je déambulais entre les gens, me faisant passer pour un orphelin. Cela me faisait du bien. Là, au bord de L'East River, j'étais à nouveau orphelin.